MALA REPUTACIÓN

EL DUETO DE LOS MALOS MODALES, LIBRO 2

JESSA JAMES

Mala Reputación: Copyright © 2020 Por Jessa James

Todos los derechos reservados. Ninguna parte de este libro puede ser reproducida o transmitida en ninguna forma o por ningún medio electrónico, digital o mecánico incluyendo, pero no limitado a fotocopias, grabaciones, escaneos o cualquier tipo de almacenamiento de datos y sistema de recuperación sin el permiso expreso y escrito de la autora.

Publicado por Jessa James
James, Jessa
Mala Reputación

Diseño de portada copyright 2020 por Jessa James, Autora
Design Crédito : BookCoverForYou

Nota del editor:
Este libro fue escrito para una audiencia adulta. El libro puede contener contenido sexual explicito. Las actividades sexuales incluidas en este libro son fantasías estrictamente destinadas a los adultos y cualquier actividad o riesgo realizado por los personajes ficticios de la historia no son aprobados o alentados por la autora o el editor.

1

EMMA

Me hago una bola en mi cama, entre mis sábanas desordenadas, y sollozo como un bebé. No llorando bonito, aunque no estoy segura de que eso sea posible. No, lloro lágrimas feas, con mi rostro rojo e hinchado, con mocos corriendo por todos lados. Ni siquiera puedo quedarme callada. Sollozo en una de mis almohadas y suelto sonoros jadeos.

Me siento abandonada. Sigo recordando lo que me dijo Jameson, de pie en la puerta.

"*¡¡Nunca estuvimos en una relación!! Si mucho, tuvimos una aventura. Y ahora, se* acabó."

Eso duele más que cualquier otra cosa que hubiera dicho. Porque él tenía razón en una cosa... nunca definimos lo nuestro, nunca le dimos un nombre. Claramente lo que yo pensaba que era tan asombroso y trascendental, para Jameson no era nada más que una *aventura*.

Tal vez Asher tenía razón. Tal vez Jameson sí era mala influencia, pasando entre mujeres como cuchillo caliente por mantequilla.

Definitivamente no se sentía así cuando miraba a los

ojos de Jameson, pero... empiezo a cuestionar cada momento que pasamos juntos, cada impulso y pensamiento que tenía.

Pienso en Asher de nuevo, en su estúpida regla y en su extraño poder sobre Jameson. Obviamente había olvidado algo en su historia juntos, porque Jameson es tan devoto a Asher... y Asher parece no darse cuenta.

Mis lágrimas se secan, hasta que recuerdo que mi período está retrasado. De alguna forma, en medio de toda la inminente locura, había logrado ignorar completamente el asunto más importante de todos.

Podría estar embarazada de Jameson.

Las potenciales ramificaciones de ese hecho cruzaron por mi cerebro. No puedo siquiera soportarlo. La incertidumbre me está matando.

Así que me levanto de la cama, colocándome un par de pantalones de yoga y una franela holgada que dice GUCCI. Estoy segura de que mi rostro aún luce hinchado, y que mi vestimenta se ve como sacada del fondo del closet...

Pero al menos no estoy llorando ahora, en este momento. Después de ponerme un par de Converse azules oscuros, abro la puerta de mi habitación.

Sorprendo a Evie, quien estaba frente a mi puerta, a punto de tocar. Está vestida con unos jeans y una sudadera ancha de Hilary 2016.

"Oye..." dice, con sus ojos marrones abiertos. "Creí haberte escuchado llorar. Te ves... ¿no tan bien?"

Me miro a mí misma, y mi mentón empieza a temblar de nuevo. Mis ojos se aguan al instante y meneo mi cabeza.

"Me terminaron... y podría estar embarazada," digo, con palabras temblorosas mientras que mi rostro se llena de lágrimas.

"Calma, calma," dice Evie, agitando sus cejas. Me lleva a

sus brazos, tomándome con fuerza. "Eso es. Ven, vamos a la cocina."

Dejo que Evie me lleve por el pasillo, hacia la pequeña cocina. Ella me sienta en una de las sillas, y me pasa un pañuelo para platos limpio. Me limpio el rostro con él, sintiéndome estúpida.

"Voy a preparar un té de hierbas," dice. "Y tú puedes empezar a contarme qué pasó."

Ella empieza a llenar la tetera. Yo estoy sentada en una de nuestras cuatro sillas de la cocina, tratando de controlar mi llanto. Evie no me presiona. Ella sólo busca en las gavetas dos tazas y la caja de bolsitas de té, continuando como si yo no estuviera presente.

Por alguna razón, eso me calma un poco. Cierro mis ojos y me concentro en mi respiración por unos minutos. La tetera silba con un sonido ansioso y alto. Cuando abro mis ojos de nuevo, Evie está sirviendo agua hirviendo en dos tazas.

"Toma, es una mezcla de cítricos y manzanilla," dice Evie, colocando una taza frente a mí. "Es muy reconfortante, creo. He estado de bolsita en bolsita las últimas semanas."

Enrollo mis manos en la taza, sintiendo su calor. Miro adentro, y veo un remolino amarillento creciendo en el fondo de la taza. Entrecierro los ojos. Estoy tratando de recordar algo que Evie había dicho, sobre usar muchas bolsitas y reconfortarse...

"Entonces... ¿me quieres contar sobre la ruptura? ¿O prefieres empezar con el embarazo?" pregunta Evie, tan fría como un pepino. Ella mira a la distancia por un momento. "Espera, mejor empecemos con el rompimiento."

Parpadeo, pero ella sólo sopla su taza de té. "Umm... okey..."

Ella me analiza, con ojos cálidos. "Supongo que fue con Jameson."

Me quito una lágrima del borde del ojo, asintiendo. "Sí."

"Lo imaginé. Él es un bastardo."

Eso hace salir de mí un sonido extraño, como una mezcla entre risa y un gruñido.

Evie toma un momento para hundir su bolsita de té unas veces, y toma un sorbo. "Mmm. Muy bien, entonces. ¿Cuánto tiempo han estado saliendo ustedes?"

Aclaro mi garganta, revolviendo el palillo de la bolsita de té. "Como dos meses. Quizás un poco más."

"¿Y fue algo serio? Claro que fue algo serio, porque mírate. Pero... ¿ustedes... usaron el tema de novios, o al menos... se dijeron te amo?"

Meneo mi cabeza, incapaz de mirar a la mesa. "No."

Ella arruga su rostro, pensando. "Pero tú lo sentías profundamente, supongo."

"Sí. Digo, yo definitivamente me sentía como..." Tomo pausa, juntando mis ideas. "Yo me sentía como si hubiera encontrado a la persona que... lo entiende. ¿O me entiende? No lo sé. Tal vez todos con los que tienes sexo se suponen que sean así, pero..."

"Espera, ¿le diste tu virginidad?" pregunta Evie. Sus cejas se levantaron. "Maldición, mujer."

Me tomo un minuto, bebiendo mi té. Es algo reconfortante, con su sabor cítrico y el aroma a hierbas.

"He estado enamorada de Jameson por años," admito al final. Es como un alivio, decirlo en voz alta a alguien. "Como, desde que tengo edad para tener sueños húmedos. Siempre pensé, en el fondo de mi mente, que estaríamos juntos. Planeaba darle mi virginidad desde que tenía quince, antes de siquiera saber lo que realmente conllevaría."

Los ojos de Evie se pusieron tan grandes que casi era cómico. "Espera, ¿estabas... *guardándote* para Jameson?"

Me encojo de hombros, sonrojada. "Sí, lo hice. Digo, no

fue intencional los últimos años. Pero cuando empecé a tener las señales de '*me siento atraída por ti*', tuve como... si realmente, realmente quisiera que pasara."

"Diossss," dice ella, excitada. "¡No puedo creer que sintieras algo por él por tanto tiempo! Y no puedo creer que no supiera nada al respecto."

Me muerdo el labio y bajo los hombros. "Ya no importa, por culpa de Asher."

Ella se sienta un poco más recta. "¿Asher? ¿Qué tiene que ver él con todo esto?"

"Asher hizo esta estúpida regla hace años. Él le prohibió a Jameson, Forest y Gunnar que se acostaran conmigo. De hecho, él le ha dicho varias veces a Gunnar que se apartara, porque Gunnar es..." Busco la palabra correcta.

"¿Un perro?" La boca de Evie se curvó hacia arriba.

"Sí. Como sea, esa regla ha existido desde que tengo senos, creo. Porque claramente no puedo tomar mis propias decisiones sobre con quién puedo acostarme. Si no fuera por esa regla, ¡podría acostarme con cualquier chico que vea!" Digo con sarcasmo. "Mientras, Asher no tiene reglas sobre con quién puede acostarse o salir."

Evie baja la mirada hasta la mesa, trazando algo distraída. "Eso no suena justo."

"¡Gracias! No lo es." Me recuesto, tratando de atenuar mi indignación, pero no lo logro. Estoy demasiado ocupada estando triste para lidiar con cualquier otra emoción.

"Entonces... ¿estás lista para hablar del otro tema?" pregunta gentilmente.

Mi corazón empieza a golpear de sólo pensarlo. Asiento lentamente. "Sí, eso creo. Yo sólo... tengo un DIU."

Ella inclina su cabeza. "¿Y aún así piensas que podrías estar embarazada?"

Mis ojos se llenan de lágrimas de nuevo. Me siento patética. "Sí."

Evie me observa por un minuto. "Asumo que no sientes emociones felices al respecto."

Sorbo de mi té para mantenerme calmada. Luego tomo aire. "Digo, estoy muy confundida por ello. Por un lado, la versión de quince años de mí está como chillando de la emoción. He amado a este sujeto por la mitad de mi vida, ¿y ahora voy a tener a su bebé? Es como si... no pudiera imaginar un mejor resultado, de la forma más egoísta."

Ella frunce sus labios. "¿Y por el otro lado?"

"Bueno, las desventajas son dobles. Primero, dudo que la chica de quince años esté particularmente feliz porque Jameson haya roto conmigo. Y segundo, ¡Estoy en la jodida escuela de leyes! Durante el año, estudio y voy a la escuela, desde que me levanto hasta la hora de dormir. Y ya, no tengo tiempo para nada más, Añadirle un bebe a eso es como... la receta para un desastre."

"Definitivamente. Digo, tú podías manejarlo, pero no querías."

"Exacto. Pero... aún había una parte de mí que es como si se volviera loca por un bebé. Me imagino lo maravillosa que sería nuestra hija. ¿Alguna vez has visto los zapatos de un bebé? Son demasiado adorables. Y puedo imaginarnos cuando ella crezca un poco. Yo, vestida para su primer recital de ballet..."

Dejo que la conversación pase por un minuto, soñando con moños rosados para el cabello. En mi mente, Jameson también está ahí, porque creo que si él supiera que estaba embarazada, insistiría en casarse conmigo.

Entrecierro los ojos, especulativa. ¿Es una locura? Estoy segura de que es una locura.

Ella aclara su garganta. "Digo, eso suena terriblemente bien."

Yo meneo mi cabeza. "Pienso que estoy simplificando masivamente una situación bastante compleja. Si estuviera embarazada y pensara en conservarla, las cosas entre Jameson y yo serían... bueno, complejas sería una buena forma de decirlo."

"Bueeeno..." dice ella. "Ni siquiera sabes si tienes que preocuparte por ello. Y hay una forma bastante sencilla de averiguarlo. Así que... tú sabes, primero lo primero."

Suspiro. "Ni siquiera tenemos pruebas de embarazo aquí. Ya revisé."

Ella se levanta. "Claro que tenemos. Sé dónde están. Ahora asegúrate de beber el resto del té, es casi como un diurético."

Entrecierro mis ojos, pero ella ya salió volando de la habitación. Me bebo el resto de la taza de té de y me dirijo al pasillo. Ella me encuentra, saliendo de su habitación.

"Toma," dice ella, entregándome la varita de prueba envuelta en plástico. "Orinas en el final, y esperas dos minutos. Luego sabremos a qué nos enfrentamos."

Tomo la prueba, agitando mis cejas. "¿Cómo funciona? Digo, ¿cómo sabremos si es correcto?"

"Esas cosas son casi 95% precisas. Sólo orina en la punta, y veremos de qué preocuparnos."

Tomando aire, me dirijo al baño. Hago un trabajo rápido orinando en la varita, y luego dejando la prueba en la barra y abriendo la puerta del baño. Evie está inclinada contra el muro cuando la abro.

"¿Listo?" pregunta.

"Sí, sólo estoy esperando." Miro la prueba, lista para que termine.

Pero en mi corazón, no puedo decidir cómo quiero que sean los resultados.

Si es positivo, mi vida como la conozco se acaba. No hay duda. Tendré que dejar la escuela de leyes. Tendré que enfrentar las miradas de decepción y enojo de los rostros de mi familia. Peor, tendré que contarle a Jameson.

Por otra parte, sería mentira decir que no estoy algo emocionada. Un bebé es un gran cambio y un montón de responsabilidad, pero podría ser el bebé de Jameson. Tendría una pequeña parte de él, pase lo que pase.

"Emma, creo que ya puedes revisar," dice Evie con gentileza.

La miro, tan nerviosa como podría estar. Con manos temblorosas, tomo la prueba. Inhalo profundamente, y luego miro.

Es negativo. Miro a Evie, sintiendo lágrimas de alivio formándose en mis ojos.

"Negativo," le digo, abrazándome a mí misma en el lavamanos. Cierro mis ojos. "Oh dios. Gracias al cielo."

"Eso es bueno," dice Evie, abrazándome por la espalda. "Ahora tu vida no tiene que cambiar del todo."

Bajo la prueba y me doy la vuelta para darle un verdadero abrazo. Hundo mi cabeza en su cabello negro, tomando bastante aire. "Gracias por estar a mi lado en esto."

"Claro," dice ella simplemente. "Es lo que hacemos las chicas por una de nosotras."

Me aparto. "¿Sabes qué más hacen? Pedir pizza de ruptura amorosa."

Ella se ríe. "Es demasiado temprano para eso. ¿Qué te parece si preparo unas tortillas de ruptura amorosa mejor?"

Le sonrío. "Okey. Trato hecho. Pero exijo que pidamos pizza y helado a domicilio al final del día. Me siento abrumada por mis emociones hoy."

"Hecho."

Evie se separa del muro, y lanzo la prueba en la cesta de la basura. Aún me siento algo triste, y estoy segura de que vendrá y se irá en oleadas...

Pero al menos no estoy embarazada. Las cosas siempre podrían empeorar.

2

JAMESON

Un mes después

Piso a fondo los frenos de mi Jeep en el estacionamiento del mercado, mostrando los dientes a la persona que retrocede en el espacio frente a mí. El carro es un viejo Buick, y el conductor es sin duda un anciano, pero aún sigo irritado.

Para ser honesto, todo es irritante en estos días. Tuve a Asher para salir y quejarme de la vida por una semana después de romper con Emma. Pero luego desapareció, y aún no ha vuelto.

No he visto ni he sabido de Emma tampoco, aunque no la puedo culpar. No fue un rompimiento suave, para ninguno de los dos.

Maniobro mi carro en un puesto, saliendo. Nos quedamos sin frutas cítricas en el Cure, así que heme aquí, buscando un carrito de compras. Llevo un carrito al local, y giro a la derecha, hacia la sección de víveres.

Los víveres de aquí son buenos y baratos. Hay montones de verduras y vegetales coloridos, todos alineados en sus contenedores negros que lanzan niebla de vez en cuando. Camino hacia los estantes de cítricos y tomo algunos limones, limas, naranjas, y toronjas.

Luego reconsidero, y sólo tomo una caja de cada clase de cítrico, apilándolos en mi carrito. Sigo pasando por los anaqueles. Tengo un montón de otras cosas que buscar mientras estoy en el mercado, así que llevo mi carrito adelante.

No puedo dejar de pensar en Emma. Pienso en ella aquí. Pienso en ella en el cine. Pienso en ella manejando por la autopista, y cuando estoy en la playa.

Sé que debería olvidar todo de ella. Después de todo, claramente le dije que no fuimos nada. Pero de alguna forma, no puedo.

En vez de eso, me repito por milésima vez las piezas de información que recibo sobre ella de nuestros amigos mutuos. Le pregunté a Evie cómo estaba Emma hace dos semanas. Recibí una mirada fría en respuesta. Evie levantó una ceja, y me dijo que Emma estaba bien.

Su fría actitud me dice que Emma le contó todo... y que Evie no aprobó la forma en que manejé la situación. No necesitaba ninguna desaprobación de Evie. Ya tengo bastante con mis propias dudas sin que ella le eche sal a la herida.

Llevo mi carrito por el pasillo de cereales y tomo mi marca favorita de granola. Me desmoroné y le pregunté a Asher por su hermana la semana pasada, donde estábamos trabajando juntos. Él me dio una extraña mirada y dijo que ella estaba bien.

Así que eso es todo lo que se. Ella está bien. Sólo se... fue.

Está fuera de mi vida, de cualquier forma. Podría esperar verla en el Cure quizás, o saliendo con Asher en algún momento. Después de todo, así era antes de que ocurriera todo.

Y ahora, creo que lo arruiné.

Camino por los pasillos, con un ligero rechinido proveniente del carrito. Ha pasado un mes, y me siento atascado.

Atascado en la vida. Atascado por ella. Nunca había estado en una relación tan larga. Maldición, nunca había lamentado una aventura por más de unos días.

Y eso fue lo que le dije que teníamos. Sólo una aventura.

El dolor en su rostro cuando lo dije... me atormentará para siempre. Ese fue el momento del que me retractaría si pudiera.

Pero desde luego, eso no arreglaría ni resolvería nada. Podría entrar en una discusión con Asher, seguramente.

Volteo el carrito al final de un pasillo, dirigiéndome al frente. Al final del pasillo, mirando diferentes tipos de pasta, está Emma.

Me congelo, mirándola. Ella se ve tan hermosa como recuerdo, con sus largas trenzas negras azabache juntas formando una corona. Su esbelta figura está finamente cubierta por un vestido veraniego, y lleva puesto esos tacones increíblemente altos que revelan sus piernas.

Juro que si fuera una caricatura, sería un lobo, con la lengua rodando y mis ojos tomando forma de corazón. Ella siente que alguien la mira y voltea a verme.

Después de estar acostumbrado a su brillante sonrisa y su cálido recibimiento cada vez que me veía, me impactó su oscura mirada. Ella me frunció la cara, volteándose para empujar su carrito lo más lejos que pudo. Se desvaneció a la vuelta de la esquina.

Abandonando mi carrito donde estaba, corro a toda velocidad en su dirección. Me toma un segundo encontrarla, unos pasillos abajo, pero tomo ventaja de mi altura y velocidad.

"Emma," la llamo, a medio camino del pasillo.

La mirada que me lanza por encima del hombro es hielo puro. No presto atención, así que me apresuro. Al final del pasillo, la alcanzo.

"Emma, por favor, espera."

Ella se detiene, con duda en cada movimiento, y luego se da la vuelta. No parece muy contenta de verme. "¿Qué?"

"Yo sólo... Quería verte. Tú sabes, asegurarme de que estás bien," digo inseguro.

Ella se frota la sien. "Estoy bien. Ya me viste."

Ella se da la vuelta de nuevo, y me acerco y tomo su brazo. Ella mira mi mano como si fuera el demonio, tratando de entrar a su alma. Ella se aparta de golpe.

"¿Qué intentas hacer aquí exactamente?" sisea.

"Perdón," le digo, retrocediendo y levantando mis manos. "Yo sólo... no lo sé. He intentado contactarte por un tiempo."

Ella luce molesta. "Aquí estoy. Me has visto. ¿Estás contento?"

"No," admito honestamente. "Esperaba que pudiéramos... tú sabes, seguir saliendo. Ser amigos, ir a restaurantes."

Ella entrecierra los ojos. "¿Hablas de que quieres que las cosas vuelvan a la forma en que eran antes de que tuviéramos sexo?"

"Sí. Estaba pensando que podríamos—"

Ella agita su cabeza. "Te das cuenta de que eso es llevarme a la friendzone, ¿verdad? Como 'Hola, quiero que hagas conmigo todas las cosas que harías con una compañía romántica, pero sin el romance'."

"Digo, sólo porque terminamos—"

"No sabía que las aventuras tenían rupturas."

Sí, me merecía eso. "Pienso que aún podemos ser amigos."

"¿En serio? Yo no."

Sólo nos quedamos ahí por un segundo, mirándonos el uno al otro. Maldición, no esperaba que negociar con ella fuera así de difícil. Tengo que hacer algo para detener el odio, y rápido.

"Necesito tu ayuda," es lo que sale de mi boca, sin siquiera pensarlo realmente.

Emma levanta una ceja. "¿Ah?"

"Sí. Mmm... a estudiar para el DEG. Sí, soy inútil al momento de estudiar por mi cuenta. Ya tuve que posponer mis pruebas de nuevo por otro mes." Es cierto que retrasé mis pruebas, pero no porque no pueda estudiar solo. Es sólo que no he estado de ánimos últimamente, para nada.

"No lo sé..." dice ella, frunciendo las cejas.

Voy a por todas. "Es sólo que me siento estúpido cuando trato de estudiar por mi cuenta. Ya sé que debería ser capaz de hacerlo, pero..."

Trato de parecer patético. Si has tenido mi situación y haz tratado de hacer una cara de niño llorón, sabes de lo que estoy hablando.

Ella me mira, y puedo notar su duda. Sigue bastante molesta, pero aparentemente mi educación es más importante que eso. Se muerde el labio inferior.

Sé lo que necesita oír. Ella piensa que soy patético, que no puedo estudiar por mi cuenta. Me trago el orgullo que crece en mi garganta. Digo las palabras mágicas, bajando mi tono de voz.

"¿Por favor? No puedo hacerlo por mi cuenta. Necesito ayuda."

Emma entrecierra los ojos. Por un segundo, pienso que está a punto de gritarme. Pero no lo hace. En vez de eso, sólo suspira y se ve realmente incómoda consigo misma.

"Bien," dice, con los brazos cruzados.

Mis mejillas están ardiendo; siento pena de mí mismo.

No sólo por tener que tomar el maldito DEG en primer lugar, sino por usarlo como excusa para que Emma me perdone.

"Gracias," le digo, posando mi mano en su brazo.

Ella se aparta, como si estuviera hecho de carbón caliente. Su rostro se arruga. Ella parece realmente herida, como si el tocar su brazo fuera un pecado imperdonable. "No me toques."

Mi rostro se sonroja un poco más. "Perdón."

Veo que sus mejillas empiezan a sonrojarse. "Necesitamos... necesitamos límites."

Levanto una ceja. "¿Límites? ¿Como qué?"

Ella roza su brazo por donde la toqué, luciendo molesta. "Como no tocar, para empezar. Y no ponerse... como, nostálgico."

"No ponerse nostálgico." Honestamente trato de mantener una cara seria, pero no puedo.

Mis labios se levantan un poco, y su ánimo se oscurece de repente. La mirada en sus ojos verdes es casi violenta. Ella me mira.

"Si no vas a tomarme en serio, puedes estudiar por tu cuenta."

"No, no," digo, levantando mis manos. "Tú pones las reglas, ¿okey?"

"Claro que sí." Ella me mira de manera hostil.

"Entonces..." Froto mi nuca. "¿Voy mañana en la noche?"

"¿Qué? Ah, no. Nos reuniremos en algún café, durante el día. Tú perdiste tus privilegios de entrar y salir como quieras de mi casa."

Su ceño fruncido dice que habla realmente en serio.

"Claro. Sí, entiendo," digo, evasivamente. "Tienes razón. Tengo que trabajar mañana. ¿Qué te parece el día siguiente?"

"Estoy ocupada todo el Miércoles," dice con un tono neutro. "¿Cuándo es tu día libre?"

"Tengo el Jueves libre en la mañana," respondo, encogiendo los hombros.

"Bien. ¿Nos vemos a las diez?" Ella me mira impaciente, claramente lista para irse.

"A las diez es perfecto." A las diez es terrible para mí, de hecho. Planeaba surfear toda la mañana, pero no le puedo decir eso a Emma. "¿Puedo traer cualquier cosa?"

"Sólo trae tus libros. Te avisaré el lugar por mensaje."

En la punta de mi lengua estaba una pregunta sobre por qué diablos no había respondido mis mensajes de 'quiero saber cómo estas'. Pero me guardo mi pregunta.

"Okey. Genial—"

Ella ya se da la vuelta hacia su carrito, lista para irse.

"Emma, espera..." le digo.

Su cabeza de cabello oscuro se voltea, y me mira, con desinterés en su mirada verde. "¿Sí?"

Nada me había cortado tan profundamente ni tan rápido. Tomo aire, exhalando mi respuesta. "Gracias."

Ella entorna sus ojos, tomando su carrito y dirigiéndose al frente del mercado. La miro alejarse, con el bordado de su vestido deslizándose contra sus piernas.

¡Mierda! ¡Estúpido! me maldigo en silencio.

Yo causé esto. Lo hice por el bien de mi amistad con Asher, pero sigue doliendo como nunca.

Paseo de vuelta a mi propio carrito de compras, sintiendo como si me hubiera atropellado un camión Mack. Miro de vuelta, pero Emma se fue.

Recostando mis codos sobre el carro, mato el tiempo, sin querer abrumarla yendo a la caja registradora mientras ella sigue en fila para pagar. Me detengo por un segundo, y paso mi mano por mi vello facial.

Sé que es mejor así. Tenía que terminar con ella. Asher

se hubiera dado cuenta, tarde o temprano... y su amistad significa todo para mí.

Así que me dispongo a sufrir en silencio. Pero aún quiero a Emma en mi vida... aunque sea sólo como amiga.

Podemos hacer eso, creo. Podemos ser amigos.

¿Verdad?

3

EMMA

¿Por qué simplemente no pude decirle no a Jameson?

Esa pregunta se mantuvo dando vueltas en mi mente una y otra vez mientras manejaba desde mi casa al pequeño café en la playa donde me gusta estudiar.

¿Es por qué soy una idiota?

Creo saber la respuesta. Tan pronto Jameson comenzó a caminar hacia mí, en el pasillo del mercado, me paralicé. Me congelé, porque pensé por el más mínimo segundo que estaba por pedirme que volviera con él.

Me consumió el doloroso recuerdo de sentirme tan vulnerable cerca de él, tan fácilmente de destruir... si Jameson sólo hubiera dicho una palabra sobre quererme de vuelta. No sé cómo podía decirle que no. Él me quemó, me trató mal y aún así, yo saltaría a sus brazos de tener la oportunidad.

¿Cuán patética puedo llegar a ser?

Por suerte, Jameson sólo me quería por mi cerebro. Esa es la jodida historia de mi vida, justo ahí. Él me rogó que lo ayudara a estudiar para su DEG, y como una idiota, accedí.

Soy tan, tan estúpida. Estúpida y patética.

Estaciono mi coupe en un puesto fuera del café. Verificando el tiempo, me doy cuenta de que llego algo temprano para nuestra reunión. Tomo mi bolso y me dirijo a la pequeña tienda, sonriendo por lo cómodo que es estar aquí. Desde los sofás de segunda mano disparejos hasta el arte ecléctico en los muros, el lugar sólo grita 'pasa el rato para siempre' para mí.

Dirigiéndome a la barra, noto su vieja máquina de espressos y su personal joven y a la moda. La chica que viene a atenderme es una joven latina, que lleva unos shorts de jean de cadera ancha y lo que parece ser un leotardo negro de ballet.

"Hola," dice, asintiéndome. Ella acomoda unos platos de bizcochos y ponqués bajo la barra, sin apresurarme.

"Hola. ¿Podrías darme un latte pequeño? Y..." me inclino a inspeccionar los postres. "¿Qué hay bueno?"

"Mmm... yo elegiría las tartas libres de gluten," dice, apuntándolas. "Soy muy buenas, para ser libres de glúten."

"Muy bien, probaré una." Le sonrío mientras ella pasa mi factura, le pago con una tarjeta, y luego busco una mesa.

Termino eligiendo una de las mesas altas en el fondo, sintiéndome como si escoger un sofá para sentarme definitivamente enviaría el mensaje erróneo. Tomo mi latte y mi tarta, y me siento en una de las sillas de espaldar alto.

Mientras muerdo mi crujiente tarta y espero a que Jameson aparezca, miro alrededor. Las paredes están pintadas de un púrpura oscuro, y hay piezas de arte en todas partes. Miro la enorme ventana de mirador a mi izquierda, y veo a Jameson entrando. Él queda perfilado contra el fondo de la playa.

Cabello oscuro, creciendo por unos días sobre su barbilla y sus mejillas, alto y ancho. Trago saliva cuando me doy cuenta de que lleva su chaqueta de motociclista de cuero y jeans negros. Verlo en esa chaqueta me *abre el apetito*.

Él sigue tan apuesto que sólo estar cerca de él me hace temblar un poco. Entra, me ve, y se acerca.

"Hey," dice, dejando su mochila en el suelo. "Ah, ya pediste algo. Te iba a comprar lo que pidieras, ya que me estás ayudando."

Me encojo de hombros. "Está bien."

Él se ve perplejo. "Okey, déjame pedir algo. Luego empezamos."

Redoblo mis dedos mientras él se dirige a la barra. Mientras espera en fila, me sonrojo un poco al pensar en cómo tuve que pedirle a Evie que hablara sobre su trabajo, con la esperanza de que llegaran algunas noticias sobre Jameson. Cuando lo hace, intento entrevistarla de la forma más casual posible, pero ella siempre logra ver a través de mí.

Otra pequeña pizca de pena en mi día. Me la puedo quitar ahora, pero luego cuando esté en mi cama sola, lo recordaré.

Jameson regresa con un café helado, bebiéndolo mientras se sienta a mi lado. Me doy cuenta de que estoy sentada, mirando su garganta cuando traga un poco de café, sus largos dedos mientras coloca el vaso en la mesa...

Podría odiar a Jameson en este momento. Podría estar molesta por la forma en que terminó conmigo. Podría incluso pasar tiempo imaginándolo ser golpeado por un bus.

Pero nada de eso cambia el hecho de que sigo estando atraída por él, tanto como antes. Y me odio por eso.

Él saca una pila de libros de su bolso y aclara su garganta. "¿Te encuentras bien?"

Debo tener una cara extraña o algo. Me acomodo enseguida y aparto mis pensamientos.

"Bien," digo, tratando de no sonar firme con él. Asiento mirando los libros. "¿Qué estudiaremos hoy?"

Su ceja se agita.

"Lo mismo de antes. Pensé que podríamos empezar con matemática y luego ciencia."

"Claro. Uh... creo que mejor me pongo de tu lado de la mesa," dice. Deslizando sus libros, se toma su tiempo para acomodarse en la silla a mi izquierda. Él pasa su café, y luego abre su cuaderno de matemáticas.

Este café es lo bastante frío para que de hecho pueda sentir el calor irradiando de su enorme cuerpo. Me muerdo el labio inferior, reprochándome por ser tan débil cuando se trata de él.

"Así que me quedé aquí, con ecuaciones diferenciales..." dice, apuntando la sección en el libro. "Pero no estoy seguro de cómo funcionan. Como si, puedo mirar los ejemplos todo el día, pero cuando un problema está frente a mí, mi mente se pone en blanco."

"Uhhh." Asiento, jugando con mi taza. "Creo que necesitas verlo en acción. ¿Tienes hojas de papel?"

"Claro, si." Él toma unas hojas de papel en blanco de su bolso, junto con un bolígrafo. Las desliza frente a mí. "Toma."

Él truena sus nudillos. Yo trago saliva, tratando de no escuchar la voz en mi cabeza que me recuerda todas las cosas buenas que pueden hacer esas manos. Cuánto placer pueden sacar de mi cuerpo, por horas y horas.

"Okey... veamos... primero necesitas encontrar el entero..." le digo. Lo guío a través del proceso, haciendo varios problemas distintos.

Jameson se arqué sobre la mesa, mirándome trabajar. Él me está poniendo nerviosa, pero me rehúso a demostrárselo. Yo sólo no lo miro a los ojos, concentrada en el lápiz y el papel.

Él me hace varias preguntas, deteniéndome con una mano en mi antebrazo. Sus cálidos dedos tocan la piel desnuda de mi muñeca una segunda vez, y mi pulso salta como un conejo asustado.

Él me mira, pero yo aparto mi brazo, aclaro mi garganta, y continúo.

"Creo que lo entiendo. O al menos entiendo lo bastante para tomar el DEG," dice.

Lo miro, cruzándome con sus cálidos ojos chocolate. Por un mero segundo, me siento perdida en sus ojos, cayendo profundamente en ellos. Él no rompe la conexión tampoco.

Él sólo me mira por unos segundos. Puedo ver que hay algo que quiere decir, pero no está diciendo nada. Y soy demasiado gallina para preguntarle en qué piensa.

Aparto mi mirada. "Umm, ¿te parece si estudiamos ciencias ahora?"

Aclarando su garganta, él asiente. "Sí. Eh… sí. Estoy estudiando física ahora, repasando rapidez y velocidad. Es… es un reto."

"Genial," le digo, con una alegría forzada. Por dentro, estoy pensando que desearía no haber siquiera venido. Pero no puedo dejar que lo sepa. "¡Rapidez será!"

Jameson me lanza una mirada sospechosa mientras saca su cuaderno de ciencia. Él lo abre, pero extiende su mano sobre la página.

"¿Estás bien?"

Sus ojos marrón oscuros revisan mi rostro.

"Siempre," le respondo, dando golpecitos al cuaderno para llamar su atención. "Vamos, estudiemos física básica."

Aparto su mano del camino y empiezo a leer. Él eventualmente cambia su enfoque a lo que estamos leyendo. Yo me detengo varias veces, explicando las dinámicas de lo que estamos hablando con más detalle. Él escucha y asiente, haciendo una que otra pregunta.

Estudiamos los puntos más importantes de rapidez y velocidad, y luego le explico una de las ecuaciones matemáticas que ofrece el libro. Le hago realizar problemas de muestra.

En cierto punto, cuando está arqueado sobre la hoja y escribiendo su respuesta, yo suspiro. Es una clase de sonido anhelado, totalmente accidental y no realmente provocado por nada en particular.

Es sólo Jameson, como un todo. Verlo hacer cualquier cosa es muy placentero, ¿pero verlo aprender algo nuevo? ¿Algo en lo que puedo ayudarlo?

Es casi extasiante. Por eso suspiro.

Él me mira, y yo me pongo rosada. Me atrapó.

"¿Qué?" pregunta.

"Nada," le respondo, meneando mi cabeza. "No es nada, tú sigue."

"Te estás portando extraña," me dice.

"No, claro que no." Tomo un sorbo de mi latte, como si eso me salvara de mi propia torpeza.

"¡Claro que sí!" insiste. Él baja su lapicero. "¿Por qué estás tan rara?"

"Jameson—" inicio, molesta de que tengamos esta conversación.

Él me da una mirada seria. Yo me retuerzo un poco en mi silla. Él baja la voz.

"Sólo porque ya no tengamos sexo, no significa que no puedas hablar conmigo. Aún soy la misma persona."

Mi rostro se torna carmesí en un instante. "Jameson, tú sólo... no estás siguiendo el protocolo de rompimiento en lo más mínimo."

Sus cejas se levantan. "¿Hay un protocolo?"

Yo frunzo el ceño. "¡Sí! Y tú estás como si... le pasaras por encima, como si no fuera nada. Pero créeme, existe por una razón."

"¿El protocolo?"

"¡Sí!"

Hay un segundo donde él toma una pausa. Puedo verlo hacer alguna clase de cálculo, y queda frustrantemente corto.

"Creo que no sé cuáles son las reglas, cuando tú... tú sabes, no vuelves a ver a otros," admite.

"Bueno, eso es obvio." Me siento como una gruñona cuando lo digo, pero es cierto.

"¿Qué es lo que quieres que haga entonces?"

Él me mira, con su rostro tan serio como la muerte. Yo me desinflo como balón bajo su mirada.

"No lo sé. Digo..." Miro mis propias manos. "Es sólo que se siente como si... como si nada hubiera cambiado."

Mis ojos se nublan inesperadamente, y estoy totalmente avergonzada.

"Eso es bueno, ¿cierto?" pregunta.

"¡No!" grito, más fuerte de lo que quería. La barista me mira, y yo me avergüenzo. Pero aún así, no puedo parar de hablar. "Tú no lo entiendes, Jameson. Tú— ¡tú rompiste mi corazón!"

Él se congela, visiblemente impactado. "Yo— digo, no fue mi intención, Emma. Lo juro."

Él acerca su mano para tocar la mía, y yo aparto mi mano de la mesa. Levantándome, molesta y herida, empiezo a salir.

"Oye, espera, Emma," dice Jameson, saltando y bloqueando mi salida con su enorme cuerpo. "Espera un segundo."

Mis ojos están llenos de lágrimas. Mi voz es apenas un susurro. "Déjame ir."

"Lo siento," dice. De veras. Todo fue mi culpa, ¿está bien?"

"¡No está bien! Estoy aquí, aunque no quería estarlo,

haciéndote un favor. Y ahora estás invadiendo mi espacio y evitando que me vaya..."

Una lágrima sale, bajando hasta mi mejilla. Su expresión se llena de angustia.

"No llores. Por favor no," me suplica. "Seguiré las reglas, ¿okey? Todo lo que digas, lo haré."

Me quito la lágrima de mi mejilla, tomando aire profundamente. Su expresión de culpa me retuerce el corazón. Ahora me siento mal por hacerlo sentir así.

"Déjame pensarlo. Yo... quiero enseñarte, como era antes, pero..." Meneo mi cabeza, mirando hacia abajo. "Aún me siento herida."

"Te daré tiempo, si es lo que necesitas," dice. "Sólo... por favor, no digas que no puedes verme más, socialmente."

Lo miro. "Dije que lo pensaría. Es todo lo que te puedo dar por ahora."

Él suspira y encoge un hombro. "Es todo lo que puedo pedir entonces."

Él retrocede, dejándome ir. Yo salgo de ahí lo más rápido posible, prácticamente pasando a un lado de la barista y hacia la puerta principal. No me detengo hasta llegar a mi carro.

Me deslizo detrás del volante, con mi corazón dando saltos.

No sé si pueda volverlo a ver.

Pero al mismo tiempo, ¿cómo puedo no hacerlo?

Pongo mi carro en arranque y me retiro, picando cauchos.

4

JAMESON

Me bajo del Jeep en el restaurant que mi hermano Forest sugirió. Tapando mis ojos del sol de mediodía, deseo que no haber bebido ese último trago anoche. Definitivamente tengo resaca.

Ajusto mis lentes de sol Ray-ban y entro al restaurante. El lugar es un pequeño restaurante barato que le encanta a Forest, pintado en un brillante naranja de adentro hacia afuera. Comemos aquí de vez en cuando, pero la dueña siempre nos recuerda.

"¡Jameson!" dice cuando entro. Ella está manejando la parrilla, llevando su clásico vestido totalmente negro, y sonriendo de oreja a oreja.

"Hola, Sra. Parker," le digo asintiendo.

Ni siquiera me preocupa el hecho de que ella pronunciara algo mal mi nombre. El hecho es que ella recuerda a casi todo el que entra aquí, y eso es jodidamente impresionante.

La Sra. Parker apunta a la mesa en el fondo, donde Forest ya está sentado. Le doy un saludo y me dirijo allá, entrando en el asiento opuesto a mi hermano.

"Hey," lo saludo. "¿Qué hay?"

Forest bebe su café, y hace un sonido de satisfacción. "No mucho."

La camarera llega, y yo ordeno un café y su omelet de camarones. Forest ordena papas fritas y huevos revueltos.

Mientras añado azúcar a mi café negro, analizo a mi hermano. Él había ido al barbero recientemente, porque le cortaron el cabello casi hasta el cuero. Siempre está mejor presentado de lo que siempre he estado, incluso hoy en su día libre está afeitado.

"¿Cómo van mis inversiones, oh mágico hacedor de dinero?" le bromeo.

Él lo piensa por un segundo. "Bien. De hecho, eso era parte de lo que quería hablar contigo."

"¿Ah, sí?" le pregunto. Bebo mi café. Espeso y oscuro, justo como me gusta.

"Si. ¿Sabes que el apartamento en el que tú y Asher viven es un dúplex?"

"Mmm, creo que el otro lado está lleno de... no sé, las cosas del dueño." El dueño es un anciano en sus setenta y tantos, y no ha venido mucho en estos días.

"Bueno, Asher tanteó el terreno, sólo para ver si el dueño estaría interesado en venderle el lugar."

"¿En serio?" Estoy algo sorprendido de que Asher no me dijera sobre eso, considerando que supuestamente soy su compañero de cuarto y su mejor amigo.

"Sí. Él acaba de recibir respuesta, y el dueño está más que feliz de entregarlo."

"Ya veo," lo pienso.

"Mi punto al decírtelo es que creo que tú y Asher deberían comprar la casa juntos. Luego pueden vivir cada uno en una mitad, o rentarlo, o lo que sea que quieran hacer. El lugar es un robo, como $200,000. Dividido en dos, es muy razonable."

"Ya veo," digo de nuevo. Paso las puntas de mis dedos sobre la cubierta laminada. "¿Puedo pagarlo?"

"Fácilmente. Y eso creará un patrimonio para ti también. Creo que es una idea bastante sólida."

"Genial," digo, encogiéndome de hombros. "Sí, ¿por qué no?"

"Bueno, sólo quiero asegurarme de que no haya nada raro entre ustedes antes de darle la idea. Digo, es casi evidente para ti."

Asiento lentamente, pensando en Emma. Ella definitivamente calificaría como 'algo raro' entre Asher y yo, pero Asher no sabe al respecto. Yo la terminé por Asher, por como actuaría si se enterara.

Suspiro. "Sí, no hay nada raro entre nosotros."

Al menos ya no.

"Bueno, imagino que eventualmente te quedarás con una chica. Y según lo que dicen, las chicas no les gustan que sus hombres tengan compañeros de cuarto, incluso cuando son tan cercanos como ustedes."

Levanto una ceja. "¿Eso es una experiencia de tu vida personal?"

Forest frunce el ceño. "No."

"¿Estás seguro? Porque podía ver a Addison dándote toda clase de regaños por el hecho de que sigues viviendo con Gunnar. Imagino a una chica como Addison, quien obviamente viene de gente adinerada, que no ame tus acuerdos de vivienda actuales."

Hay unos segundos de silencio, cuando Forest mira su taza de café. Yo estaba bromeando más que nada, pero claramente toqué un punto sensible por accidente.

"No me gusta tu falta de respuesta. ¿Qué sucede contigo? ¿Las cosas con Addison van bien?" le pregunto tras un minuto.

Forest me mira, con una nota de dolor brillando en sus

ojos. "No es nada."

"Mentira. ¿Qué sucede?"

Forest abre su boca, pero la camarera llega entonces con nuestros platillos. Ella deja mi omelet y los huevos y papas de Forest, y luego rellena nuestros cafés.

"¿Necesitan algo más, chicos?" pregunta.

"No, gracias," le digo, tratando de no demostrar mi impaciencia. Tan pronto ella se va, regreso mi atención a Forest. "Suéltalo."

Él voltea sus ojos. "Estoy seguro de que no es gran cosa."

Tomo mi tenedor, intentando cortar mi omelet aún humeante. "Es lo bastante para que me preocupe por ti, obviamente."

Tomo un bocado de mi comida, quemando mi boca un poco. Es demasiado bueno. Busco la salsa picante, para untar indiscriminadamente mi comida.

"Okey, okey. Los padres de Addy... no son gente normal. Tú sabes que son bastante ricos, con casas en Beverly Hills y Aspen, y todo el número. Son súper adinerados y conectados."

Yo levanto una ceja. "No sé sobre ellos, pero definitivamente siento una vibra de niña rica de Addison."

"Bueno, ellos definitivamente no me quieren. Me di cuenta esta semana que el Sr. Montgomery sólo dijo sí cuando le pedí su bendición porque Addy lo amenazó."

Detuve un tenedor lleno de comida frente a mi rostro.

"Espera, ¿por qué no te quieren?" Estoy algo perplejo por esto.

"Resulta que Addy aparentemente les contó que no vengo de las mejores circunstancias, respecto a familia. En el año en que salimos, antes de conocerlos, ella les contó todo sobre mi pasado trágico, creo. Ella es jodidamente melodramática."

Él apunta esa declaración metiendo varias papas en su

boca. Frunzo el ceño.

"Bueno, eso es grave. ¿Qué se supone que harás al respecto?"

Él menea su cabeza. "Digo, no hay nada que pueda hacer al respecto, creo. Y cada vez que trato de hablar ahora sobre la boda, Addy me lanza esta mirada. Como si… si yo fuera paranoico, diría que es una mirada cómplice. Ella tiene algo planeado, o algo que no me está contando."

Tomo pausa. "¿Como qué?"

"No lo sé. Sólo recibo energía muy negativa, fluyendo de ella hacia mí."

"¿Crees que ella va a cancelar la boda?"

Él toma un segundo para comer sus huevos, pensándolo. "No lo sé. Sólo me molesta. Como una comezón que no puedo rascar, y que no se va."

Asiento, terminando mi último bocado. Doy un sorbo a mi café, pensándolo. "¿Qué vas a hacer al respecto?"

Forest se encoge de hombros. "Probablemente nada. Le pregunté al respecto, unas cuantas veces. Ella dice que no hay nada malo."

"Bueno, quizás no sea la mejor fuente de consejos para esto. Todo el mundo sabe que soy un total idiota—"

"No lo digas," dice frunciendo el ceño.

"¿En serio? Como sea—"

"Hablo muy en serio. Tú eres una de las personas más listas que conozco."

"*Como sea*," le digo, hablando deliberadamente hacia él. "Si algo se siente fuera de lugar, probablemente lo está. No creo que sea raro que estés preocupado por eso."

Él suspira, apartando su plato. "Gracias, viejo. Me siento aliviado, sabiendo que tú lo piensas también."

Eso no fue lo que dije exactamente, pero lo dejo pasar. Termino ya mi fría taza de café, y la camarera llega con una jarra para rellenar.

"Entonces... ya que esto se volvió un tiempo de lazos entre hermanos..." dice Forest.

Lo miro, curioso. "¿Sí?"

"¿Me vas a decir quién es la chica que te botó?"

Lo fulmino con la mirada. "¿Quién te dijo que había una chica?"

"Te he visto en el trabajo últimamente. Estás muy distraído, y te la pasas de mal humor la mitad del tiempo. Eso es después de casi un mes del calmado y *especialmente* despreocupado Jameson. Estaría ciego para no darme cuenta de que algo estaba pasando."

"Las chicas vienen y van," le doy vuelta. "Tú lo sabes."

"Sólo digo, ya que estabas tan contento en ese tiempo, quizás ella te torció la cabeza en el lado correcto. Deberías considerar el poder que tiene el suplicar en cualquier situación."

Él bebe su café. Yo tomo una servilleta y se la lanzo.

"Eso sería asumir que fue mi culpa," le recito.

"¡Ah! Entonces sí era una chica. ¡Lo sabía!" Él sonríe. "¿Era alguien que conozca?"

"Como si fuera a decirte."

Él entrecierra los ojos por un segundo. "No es Maia, ¿o sí?"

"¿Qué? No. Tú y Gunnar están tan obsesionado con ella, que ya no tiene gracia."

"¡Ella es sexy!" dice, a la defensiva.

"Muy bien, Sr. Mi Novia Me Estará Engañando."

Él me fulmina con la mirada. "No lo gires en torno a mí. Estamos hablando de ti."

"¿Estamos hablando sobre por qué asumes que ella me abandonó? Porque quiero que sepas, que yo fui el único que hizo el rompimiento."

"Sí, normalmente creería eso, pero tú estabas tan feliz cuando estabas con la chica misteriosa. Así que si terminaste con ella, fue porque tenías que hacerlo. Como si estuvieras forzado a hacerlo."

Miro mi taza de café. Él da muy cerca en el blanco. "Quizás sólo no me gustaba tanto."

"Te cito, mentira. Te estoy viendo justo ahora, y no puedes siquiera mirarme cuando lo dices."

Le doy la mirada más malencarada posible. "¿Y qué?"

"¿Y qué? Digo, si realmente estabas tan apegado a esa chica, discúlpate por lo que hiciste." Intento discutir, pero él levanta una mano, deteniéndome. "Ni siquiera intentes decirme que no hiciste nada que valiera la pena disculpar. He visto mucho The Bachelorette, porque es el programa de TV favorito de Addy. El hombre siempre es quien está mal. Todo el tiempo."

"Eres un mentiroso," le digo, buscando mi billetera. Saco dos de veinte, y los dejo en la mesa. "Discúlpame por no tomar tu consejo, ¿okey? Todavía recuerdo cuando tenías trece y seguías metiéndote en problemas por dibujar mujeres desnudas en los baños de la escuela, ¿okey? Creo que soy mejor dando consejos que tomándolos."

Forest entorna sus ojos. "Han pasado literalmente dieciocho años desde eso. ¿Algún día lo piensas superar?"

"Ni en sueños." Me salgo de la mesa, listo para irme.

Forest habla sobre necesitar ordenar unas cajas de whiskey mientras salimos del restaurante, pero no estoy prestando atención.

Porque claro que Forest tiene razón. Más razón de la que sabe. Yo realmente desgarré el corazón de Emma y lo pisoteé, porque sabía que Asher lo descubriría.

Y no podía arriesgarme a perder a mi mejor amigo.

¿Pero y si Asher de repente se fuera? Estaría de rodillas, suplicándole a Emma que me tome de vuelta.

Suspiro y sigo a Forest hacia la brillante luz del mediodía.

5

EMMA

Levanto mi lápiz labial frente al espejo de mi habitación en la casa de mis padres, mirando mi reflejo. Llevo puesto un atractivo minivestido rosado claro, adornado con un collar y pendientes de diamantes. Mi cabello está arreglado en una trenza, con un conjunto de piezas para el cabello colocadas estratégicamente en el frente.

Todo lo que necesito añadir es una tiara, y sería la princesa perfecta...

Suspiro. Mis padres amarían que saliera con alguien que fuera de la realeza. Ellos lo presumirían a sus amigos de la alta sociedad a cada momento.

Ese es el estilo de los Alderisis. Ellos nos criaron a mí y a Asher para ser sus joyas preciadas, y no les importó presionarnos si necesitaban que brilláramos.

Claro, el que Asher dejara de aceptar su dinero y sus extrañas y ricas amistades, los hizo sentirse culpables hace mucho tiempo. Si tan sólo pudiera hacer lo mismo... pero no puedo, al menos no hasta terminar la escuela de leyes.

Si Asher estuviera aquí, él haría un chiste sobre cómo estaba vestida. Él me haría reír al menos.

Es una lástima que Asher está en mi lista de personas menos favoritas justo ahora. Bueno, eso y el hecho de que no lo atraparían ni muerto para una celebración con mis padres como la de esta noche.

Hay un golpe en mi puerta, y mi madre la abre. El sonido de voces y música de piano llega a mis oídos; la fiesta debió haber comenzado.

"¿Estás lista, Emmaline?"

Volteo y veo a mi madre, quien lleva puesto un vestido de lentejuelas plateado. Ella está totalmente repleta de diamantes. Yo fuerzo una sonrisa y acomodo mi falda.

"Lo estoy. Feliz aniversario, por cierto."

Mi madre inclina su cabeza por un momento, haciendo una seña aceptando mi cumplido. "Ven, tu padre nos espera."

Dejo atrás mi habitación, tan rosa y limpia como siempre, y camino por el pasillo con mi madre. Los sonidos de charla y choques de copas se hacen más fuertes mientras nos acercamos a las escaleras.

Dejo que mi madre baje primero, colocando mi mano izquierda en el barandal, con mis tacones chasqueando el suelo de mármol. Descendemos las escaleras con sutileza y movimientos perfectamente sincronizados, una vida de práctica a plena vista para cualquiera que lo vea.

Cuando llegamos al final de las escaleras, se abre en una especie de rotonda, la cual mi madre llama el *piso de entretenimiento*. Un salón de juegos, un enorme comedor, una sala social con grandes puertas de galería abiertas de par en par. Hay incluso una cocina en el fondo, para preparar comida para fiestas como esta.

El hecho de que mis padres tengan un piso sólo para entretener a los invitados es demasiado presuntuoso. Contengo un suspiro, preparándome para una noche entera de hablar con gente que toma la riqueza de mis padres con calma.

"¡Leslie, ahí estás!" dice una mujer con un vestido de noche rojo. "Oh, ¡Y trajiste a la pequeña Emma de regreso de la universidad! Qué maravilloso."

"Karen," dice mi madre, saludándola asintiendo.

Yo me pongo mi máscara, sonriendo con benevolencia. Mi madre saluda a Karen, y Karen me da un pequeño beso en la mejilla.

"Karen, tengo algo que arreglar con mi hija por el momento." La mirada de mi madre se dirige a mí. "Ella casi nunca está en cada. ¿Verdad, Emmaline?"

Yo sonrío. "Así es."

"Ven a buscarme después," dice Karen. Se inclina conspiratoriamente. "No creerás lo que escuché sobre Megan Denning. D-I-V-O-R-C-I-O."

Mi madre inclina su cabeza y me lleva a otra parte. Caminamos el pasillo que divide el salón de juegos y el comedor, y nos dirigimos a la sala. Hay montones de sofás de cuero marrón acomodados ingeniosamente aquí y allá, con alfombras color crema y un pequeño librero contra un muro.

Mi padre está ahí, recostado en la escalera del librero, con un hermoso volumen de lomo de cuero en una mano. Él es más alto que la mayoría de los hombres que lo rodean, escuchándolo... bueno, él está orando, para ser honesta.

De pie en un círculo y con sus esmóquines, ellos no pueden asemejarse más a un grupo de pingüinos confundidos. Contengo una sonrisa.

Me doy cuenta de que los hombres que ha escogido para rodearlo son mucho más jóvenes, los hijos de ejecutivos petroleros y barones de embarcaciones extranjeras. Mis ojos se entrecierran; Alan Alderisi normalmente no tendría nada que hacer con un grupo de chicos como ellos.

Antes de que pudiera atar cabos, mi madre llama a mi padre. "Alan, querido, ¡mira quién finalmente llegó!"

Ocho pares de ojos se voltean hacia mí. De repente, estoy en el centro de atención de la creación de mis padres. Quiero dar la vuelta y correr, pero la mano de mi madre se posa en mi antebrazo. Su agarre es firme como el acero.

"Emma," dice mi padre, animándome a dar un paso al frente. "Sólo le estaba contando a tus contemporáneos aquí una historia de cuando tenía su edad. Ven, conoce a los caballeros…"

Nunca me había sentido como una pieza de carne tanto como ahora, con siete hombres extraños mirándome, con evidente expectativa en sus ojos. Doy un paso adelante al centro del círculo, tratando de mantener una sonrisa en mi rostro. Estoy roja como un tomate, de eso estoy segura.

"Hola," digo, juntando mis manos. "Mucho gusto en conocerlos, creo."

Ellos se presentan por sí mismos, con sus nombres pasando sobre mi cabeza. El último chico es un rubio alto en un esmoquin de aspecto costoso. Quita a codazos a los pretendientes a cada lado suyo, ansioso por hacer una impresión. Lo miro, todo fanfarrón y sin personalidad, y de inmediato me desagradó.

Él toma mi mano, presionándola en su firme agarre. "Emma, soy Rich. ¿Puedo decir cuán hermosa eres?"

Quiero arrancar mi mano de ahí, pero no lo hago. En vez de eso, sólo doy una vaga sonrisa e inclino mi cabeza. Es una página sacada del libro de jugadas de mi madre.

Rich parece ignorar lo extraño que es. No es como si realmente quiera hablar con alguno de ellos, ¿pero qué hay de los otros seis sujetos que me miran? Él tira de mi mano hasta el recodo de su brazo, dándole la vuelta a todo el grupo. "Creo que deberíamos dar un paseo."

Me doy la vuelta también, en un esfuerzo por no dejar que aplaste mi mano. Lanzo una mirada por encima del hombro a mi padre, pero él ya está lejos.

"Si no te molesta—" inicio.

"Vamos, salgamos un momento," dice Rich, decidido. Honestamente no estoy segura de si mi reacción siquiera lo alcanza. "Tu padre dice que estás en la escuela de leyes. Debe ser difícil."

"Uhhh... ¿sí?" es todo lo que puedo decir.

Él me saca de la sala, pasando las amplias puertas de la terraza, y bajando los peldaños de ladrillos hacia los extensos jardines. El sol sigue afuera, lo cual es la única razón por la cual dejo que esto pase.

Cuando el sol se ponga, será mejor que regrese de una vez. Frunzo el ceño, pero Rich está tan envuelto en sí que ni se da cuenta.

"Pensé en entrar a la escuela de leyes, pero decidí mejor conseguir mi Maestría en Administración. Fui a Wharton, desde luego. Y a Harvard después de eso..."

Él me lanza toda la historia de su vida, tomándose realmente su tiempo para explicarme su pedigree. La historia es tan larga, sinuosa, y muy aburrida. Pierdo el interés demasiado rápido. Me enfoco en las flores a retoñar mientras caminamos por el jardín.

Mientras paseamos, Rich gesticula para hacer énfasis en lo que dice. Su mano llama mi atención, y me doy cuenta de que lleva manicura. Y no una sutil, tampoco... él de hecho tiene una capa de pulitura en sus uñas.

Mientras trato de no juzgar, ese detalle me enfatiza lo ridículo que es que mis padres me arreglen para esto. Asher y Jameson *odiarían* a Rich por ser tan vanidoso, eso es seguro.

Si soy honesta, todo esto empieza a sentirse más como una larga trama perdida de Orgullo y Prejuicio. Me imagino a mí misma vestida en el atuendo de la época, caminando entre jardines con uno de mis muchos pretendientes. Sí, es algo demasiado real para mis gustos.

"¿Y qué hay de ti?" pregunta Rich.

Oh, me está haciendo una pregunta. Me sonrojo, porque no he prestado suficiente atención para responder.

"Ehm... ¿a qué te refieres?" pregunto.

Él me mira por encima del hombro, apretando mi brazo con pena. "Digo, eres una chica impactante. Pero quiero saber todo sobre tu escuela, tu historia, etc. No puedes esperar a sólo tener un esposo por mérito del nombre de tus padres, creo yo."

Arqueo mis cejas. "No sabía que estaba tratando de conseguir marido."

Él voltea los ojos hacia mí. "Todos estamos buscando una pareja. Sólo quiero asegurar el mejor partido posible para mí, y por eso te pregunto sobre tu pasado."

Parándome en seco, tiro mi brazo de su agarre. Levanto mi mano, tapando mi vista del sol. "No me interesa realmente tus gustos y necesidades, para ser honesta. Estoy aquí porque mis padre querían que estuviera en su fiesta."

"Sí, pero—" él empieza a explicar.

"Sí, no," le digo, meneando mi cabeza. "Me regreso a casa ahora."

Me doy la vuelta y camino de regreso. Él me alcanza en dos zancadas.

"Espera, espera," dice. "Esto no es como lo tenía planeado."

"¿Oh?" sigo caminando, rehusándome a detenerme.

"Yo sólo... creo que eres muy hermosa—"

"Esa no es una buena razón para intentar salir con alguien," le digo.

"Bueno, también eres lista, y vienes de una buena clase de familia—"

Me detengo en seco de nuevo, volteándome para verlo. Él ve la mirada iracunda en mi rostro, y retrocede unos centímetros.

"Tú no sabes nada sobre mí, aparte del hecho de quién es mi padre. ¡Tú sólo estás adelantándote a si entro o no en tu matriz de compatibilidad antes de siquiera saber algo sobre mí!"

"Yo sólo estoy siendo práctico," se defiende Rich. "No quiero perder mi tiempo, o el tuyo."

"Por esto es que no dejo que mis padres me arreglen," digo, levantando mis manos. "Ahora si no te molesta, iré a dar un paseo. *Sola.*"

Él parece desconcertado, pero no me importa para nada. Estoy molesta con mis padres, molesta con todo este pequeño mundo de élite que han creado para mí. Es frustrante, estar atrapada en la rueda de hámster que inventaron.

Me aparto del camino, dirigiéndome a la casa de huéspedes. Necesito calmarme un poco, sin ser bombardeada por mi madre o cualquiera de los supuestos pretendientes.

El camino se hace más frondoso mientras continúo, con árboles verdes surgiendo mientras llego al borde de nuestra propiedad. Aunque me dirigía a la casa de huéspedes, me detengo mientras me acerco a mi lugar favorito en los jardines.

Un pequeño claro que lleva al roble más viejo de la propiedad. Es enorme, con sus ramas abarcando al menos tres metros a cada lado. Frente de los árboles, hay un banco de concreto. Nada elegante, sólo un buen lugar para contemplar.

Camino hacia el banco y me siento con un suspiro. Este banco ha visto mucho, y el árbol ha visto más en su vida.

Empiezo a pensar en Asher y Jameson, en lo larga que ha sido su amistad. Es casi noble, Jameson renunciando a lo que sea que pudo haber entre nosotros para evitar lastimar a Asher. Digo, aún así apesta, pero es casi entendible.

Yo recaigo en mi fantasía, con la fiesta siendo un mero eco en la distancia.

6
___

EMMA

Hace Seis Años
"Te prometo, vas a conocer muchos chicos lindo esta noche," me susurra mi amiga Candace en mi oído. "Además escuché que habrán chicos mayores allí. Como que ya se graduaron y tienen trabajos y esas cosas. ¿Puedes creerlo?"

Ella lo dice como si nos hubiéramos ganado alguna clase de premio. Suelto una risita mientras me lleva por la acera en un vecindario cerca de Stanford. Estamos vestidas a la moda y algo alegres.

Escucho el sonido de la fiesta antes de que siquiera llegáramos a la casa donde es. La casa es modesta en gran parte, una pequeña cabaña gris lo bastante grande para tener dos habitaciones. La música sale a toda potencia de un par de altavoces gigantes en el patio; hay montones de gente de pie, hablando por encima del molesto ruido, y unas cuantas chicas bailando.

"¿Ves? ¿Qué te dije?" dice Candace, apretando mi mano con fuerza. "La verdadera fiesta está adentro."

Tomo su mano mientras caminamos por la calle y

cruzamos entre la gente para llegar a la puerta principal. Dentro está más abarrotado, con gente conversando mientras que otros se sacuden alrededor, dirigiéndose a la puerta de enfrente o de atrás.

"¡¡Tammy!!" grita Candace.

Una linda rubia voltea a vernos. Los ojos de Tammy se ensanchan, y chilla de la emoción. "¡Chicas! ¡¡Están aquí!!"

Nos acercamos a donde está Tammy, con Candace lanzando codazos aquí y allá. Me doy cuenta de que Tammy está de pie al lado de una mesa plástica, que parece ser una barra improvisada. Hay al menos veinte botellas diferentes de licor barato encima, y otra media docena de refrescos.

Cuando nos acercamos a Tammy, ella ya tenía shots alineados para nosotras en vasos rojos.

"¡Tomen, perras!" grita, pasándonos a cada una un vaso.

Miro el líquido púrpura en el fondo del vaso con algo de sospecha. "¿Qué es?"

"¡No preguntes, tonta!" dice Tammy. "¡Sólo brinda!"

Ella y Candace brindan, así que yo también. Luego bebemos. Yo me retuerzo por lo dulce que es; creo que literal es una mezcla de vodka y Kool-aid con bastante azúcar.

"¡Sorprendente!" dice Candace. "Eres la mejor bartender, Tammy."

Tammy sonríe. "Vamos al patio trasero. ¡Tienen un bloque de hielo acomodado ahí para hacer shots!"

"Oh por Dios, ¿en serio?" grita Candace.

Yo suspiro, acompañándolas. Si no fuera tan cobarde para conocer chicos sola, no estaría aquí. Pero aquí estoy, así que seguiré lo que sea que quieran hacer.

En las siguientes dos horas, bebo shots, juego beerpong, y trato mi suerte en un juego de cartas que todo el mundo parece conocer llamados Reyes o Idiotas.

Una hora después, las cosas se tornan borrosas por todas

partes. Yo intento con dificultad de contar cuántos tragos bebí, pero no puedo. Mis amigas están totalmente ebrias, y aparentemente yo también.

Nos hicimos amigas de un grupo de chicos que Candace conoce de secundaria. Candace se besó abiertamente con uno de ellos. Luego a las dos horas, Candace sale corriendo para vomitar en los arbustos. Voy con ella, tratando de limpiarla, pero el chico con quien se besó me aparta.

"Ella se pone así a veces," dice, encogiéndose de hombros. "La llevaré a casa. No haré nada raro, lo juro."

Él la medio carga fuera de la fiesta. Busco a mi alrededor a Tammy, pero se perdió misteriosamente.

Maldición. Ahora estoy ebria y sola.

Uno de los chicos que Candace me presentó, Brad, se acerca y pone un brazo encima mío. Una luz roja se enciende en mi cerebro borracho. Necesito salir de ahí, ahora.

Buscando mi teléfono, salgo de la casa y me siento en el césped. Llamo primero a Asher, pero su teléfono sólo repica hasta llegar al buzón de voz.

Tras unos intentos, le pongo mala cara a mi teléfono. "Idiota."

Sigo buscando entre los otros contactos, deteniéndome en Jameson. Pensando que valdría la pena intentar, lo llamo. No esperaba de hecho que contestara.

Excepto que lo hizo. El teléfono sonó dos veces, y luego responde un jadeante Jameson.

"¿Hola?"

"¡Oh!" le digo. "Contestaste el teléfono."

Hay un segundo de silencio de su lado, y el murmullo de otra voz al fondo. No puedo escuchar lo que dice, pero el timbre dice que es una mujer.

"Espera." Escucho ruido, como si movieran el teléfono de un lado a otro. "¿Emma? ¿Estás bien?"

"Estoy en una fiesta," le digo. Luego, insegura de si estoy mascullando o no, digo, "Creo... creo que necesito un aventón. Asher no responde su teléfono."

Suelto un hipido, terminando la oración.

"Mierda," dice Jameson. "Ehm... Muy bien. ¿Dónde estás?"

"Estoy en el..." me doy la vuelta, observando fijamente la casa. "704 de Sycamore Drive."

"Muy bien. ¿Estás en algún lugar seguro? ¿Puedes esperar entre diez y quince minutos a que llegue allá?"

"Sí," le digo, y luego suelto un hipo de nuevo. "Estoy bien."

"Genial. No te muevas. Ya voy para allá."

Sonrío mientras se cuelga la llamada. Jameson vendrá aquí, ahora. ¡Vendrá a recogerme!

Estoy absurdamente feliz al respecto. Me siento y espero, felizmente ebria.

"Hola," dice un extraño. Él está a unos metros, vestido todo de negro. "¿Qué haces aquí tan sola?"

Lo miro con ojos entrecerrados. Estoy segura de que es demasiado viejo para estar en esta fiesta.

"¿Quién eres?" pregunto. "No parece como que debas estar aquí."

Él se ríe, acercándose. "No te preocupes por eso. ¿Cuál es tu nombre?"

Le pongo mala cara. "No me agradas. Aléjate."

Él se pone de cuclillas cerca de mí. Por la distancia, puedo oler la cerveza agria en su aliento, y probar la fuerte colonia que lleva encima.

Él acerca su mano, como para acariciar mi rostro. Retorciéndome, logro retroceder como cangrejo, evitando su toque. Su sonrisa sólo se hace más grande.

"Estás siendo muy traviesa," dice, chasqueando la

lengua. "Alguien necesita enseñarte modales. Quizás ese alguien deba ser yo."

"Aléjate de mí," le digo, con palabras temblorosas. Trato de levantarme, fallando a la primera. "No quiero que me hables."

"Estás bastante ebria. Déjame llevarte a tu casa," dice. "No queremos que nada malo te pase."

De la nada, Jameson aparece en el patio. Él toma una mirada en la situación — yo de pie y temblorosa, y el sujeto acercándose con una sonrisa — y se lanza entre nosotros.

"Apártate de ella de una buena vez," gruñe Jameson. Cerca de Jameson, el otro sujeto parece pequeño y nada amenazador.

"Wow," dice el sujeto, levantando sus manos. "No sabía que ya tenía dueño."

Eso pareció activar a Jameson. Él se lanzó al frente, sujetando al tipo de la franela.

"No trates a la gente así," gruñe entre dientes Jameson, sacudiendo al otro sujeto. "Si alguien te dice que lo dejes quieto, tú lo haces."

"¡Muy bien!" dice el sujeto, con su voz subiendo unos tonos. "Suéltame, viejo."

Jameson aparta al tipo. "Tienes que irte. No quiero verte por aquí de nuevo. ¿Comprendes?"

"Púdrete," dice el otro sujeto, pero ya está cruzando el patio.

Me quedo de pie, agitada y agradecida. Jameson me mira.

"¿Estás bien?" pregunta.

"Hmmm." Quiero lanzarme sobre él y agradecerle. Quiero besarlo, o quizás decirle que lo amo. Pero de repente, me siento algo mal.

Lo miro, con mis ojos aguados, y mi boca llena de saliva a punto de vomitar.

"Déjame llevarte al carro, ¿okey?" Jameson se acerca, pero levanto un brazo de advertencia...

Y entonces vomito en sus Converse. Él retrocede. "Mierda."

Quiero disculparme, pero aparentemente no he terminado. Corro a los arbustos y vomito unas cuantas veces, botando un brillante líquido púrpura. Eso es definitivamente alarmante.

Estoy más que avergonzada. No sólo estoy vomitando, sino que lo hago en frente del único chico con el que he soñado desde que tengo quince años. Esa idea nunca está lejos de la superficie, enredada con todo lo demás que está pasando por mi mente.

Jameson se acerca y aparta mi cabello de mi rostro, y frota mi espalda hasta que termino. Creo que está murmurando algo calmante, diciéndome que todo va a estar bien, pero estoy ocupada vomitando.

Cuando termino, Jameson me lleva a su carro y me ayuda a subir. Me desplomo contra la puerta mientras él maneja de regreso a la casa que comparte con Asher, avergonzada, exhausta y ebria.

Jameson logra meterme en su casa y hasta el sofá de su sala. Yo me extiendo en todo el sofá mientras que Jameson me quita los zapatos y me trae un vaso con agua.

Él me cubre con una sábana y apaga las luces.

"Lo siento," mascullo, con mis ojos cerrando por voluntad propia.

Creo que escucho una sonrisa en su voz, pero no estoy segura. "Descuida."

"No es como pensé que pasaría la noche..." susurro.

Luego me quedo dormida.

7

JAMESON

Actualidad

Miro el apartamento, las incontables pilas de periódicos viejos, los enormes montones de basura y las dos montañas de lo que parece ropa. Cada montón se ha desbordado, algunos tan altos que casi tocan el techo. Hay un camino formado entre los montones de cosas, pero tengo miedo de moverme muy rápido. Parece como si todo pudiera causar una mini avalancha con el más mínimo error.

Levanto una lámina de madera contrachapada que estaba sobre el montón en el lavaplatos roto. Lo que sea que esté abajo huele bastante mal. Doy un paso atrás, arrugando la nariz.

"*Viejo.*" Asher cubre su boca y tose mientras el polvo vuela por doquier. Estamos en al otro lado de nuestro dúplex, limpiando lo que parecer ser un almacén. "Literalmente pienso que el casero solía guardar basura real aquí. Y quizás hasta cierto punto que tenía animales."

Yo sólo le contesto con un gruñido. Saco el Hulk dentro de mí, levantando la madera encima de mi cabeza y buscando un camino con cuidado entre las pilas de partes rotas de computadores y periódicos hasta salir. Coloco la madera en el pórtico, junto con las otras enormes piezas de chatarra que he sacado de la casa.

Se siente bien moverse un poco, después de no hacer nada físicamente trabajoso por unos días. Mi franela está algo sudada; me la quito, dándome un poco de aire.

Asher se une, entregándome una botella de agua. "¿Qué opinas?"

Lo miro, desenroscando la tapa de la botella. "¿Sobre qué?"

"Sobre la casa. Digo, ¿puedes ver que este lado sea habitable después de limpiarlo?"

Lo pienso por un minuto, mirando hacia adentro. "Sí. Digo, creo que la casa tiene buenas bases. Pero hay sólo una tonelada de basura adentro."

"Sí. Estaba pensando en traer mi camioneta hasta el césped para deshacernos de todos esos periódicos. Sobre el lavaplatos, por otro lado…"

Me recuesto en la casa. "Lo que sea que tenga que ir a la basura, puedes simplemente pagar para que se lo lleven los recolectores de basura. Creo que puedes llamarlos para acordar eso."

"Hmm," dice, asintiendo. "¿Deberíamos empezar con el periódico?"

"Sí. Si quieres traer la camioneta, yo empezaré a mover las pilas hasta el pórtico."

"Eso." Él salta del pórtico, y yo me dirijo hacia dentro.

Tomo un montón de periódicos de la pila más cercana, lanzándolos hacia afuera. Miro a Asher, quien trae su camioneta en retroceso. Él ha estado muy callado respecto a lo que ha pasado recientemente, pero definitivamente se ha quedado en otro lugar.

Es algo raro, porque siento que he estado aquí, pasando

el rato. Esperando que Asher confíe en mí de nuevo, como solíamos hacerlo en los viejos tiempos.

Digo, incluso terminé con Emma, pensando que Asher se enteraría y se pondría muy molesto. Pero claro, él nunca estuvo cerca para enterarse de algo...

Él ha estado muy ensimismado últimamente. Con Evie, aparentemente, de acuerdo con su confesión estando ebrio. No estoy seguro de que siquiera recuerde esa pequeña confesión, o de que estaba herido por Evie.

Algo malo debió haber pasado entre ellos... pero a juzgar por el hecho de que Asher salió por unas semanas y luego se desvaneció, debo adivinar que ya está resuelto.

No estoy molesto al respecto, con eso. Sólo estoy molesto porque pude haberme obsesionado conmigo mismo, con Emma, si no fuera por la amistad que tengo con Asher.

Ahora básicamente me quedo preguntándome si reaccioné de más y me disparé a mí mismo en el pie por algo que a él ni siquiera le importa. Asher sale de la camioneta y abre la cajuela, luego se acerca al pórtico.

"Déjame agarrar esto rápido..." dice Asher, moviendo los montones de periódicos que había sacado de la casa hacia la camioneta.

Luego ambos agarramos pilas de periódicos, lanzándolas afuera, y llevándolas a la parte trasera de la camioneta. Por un tiempo, estoy lo bastante feliz para hacerlo en silencio, pero después de un rato me canso más y más del silencio.

"¿Dónde estuviste en los últimos días?" pregunto, lanzando un paquete de periódicos de la sala.

Asher flaquea un poco. "No pensé que te dieras cuenta."

Levanto una ceja. "¿Pensaste que no me daría cuenta cuando tú no hiciste más que desaparecer de la casa en la que vivimos?"

"Cierto." Él menea su cabeza. "Es que sólo esperaba que

tú harías lo que siempre haces, lo cual es convivir con alguna chica surfista y no prestarle mucha atención a lo que yo haga."

Me detengo. "¿Crees que eso es lo que yo haría?"

"Digo, sí. Siempre ha sido tu modus operandi por algunos años."

No lo había pensado de esa forma. "Muy bien, pero aparte de mí. ¿Por qué estás como... evitando la casa?"

Él levanta un paquete de periódicos, tomando un momento para cargarlo afuera y lanzarlo. Cuando él regresa, se quita el sudor de la frente.

"No lo intento. Sólo... he estado viendo a esta chica, y es demasiado obsesiva con mantener las cosas en privado."

"Hablas de Evie, ¿cierto?"

Él me mira, claramente sorprendido. "¿Cómo sabes que es Evie?"

Volteo mis ojos. "Me lo contaste cuando estabas borracho. También la llamaste zorra."

Asher frunce el ceño. "Soy un traidor cuando estoy ebrio. No debí haberte contado nada."

Le doy una mirada. "Viejo, soy el mejor amigo que has tenido en el mundo. Puedes decirme lo que quieras."

Él miró a otro lado. "Lo sé, pero..."

Me siento más que un poco ofendido. "¿A qué te refieres con pero?"

Él pareció darse cuenta de que ha terminado en un camino sin salida. "Perdón. Es sólo que... no debería hablar de eso."

Levanto un paquete de periódico. "¿Entonces eso es todo?" ¿Somos mejores amigos hasta que una chica esté entre nosotros?"

"No es así. Aún somos mejores amigos—"

Mi rostro se contorsiona. "Excepto que tu chica viene primero. ¿Cierto?"

"No con esas palabras."

"Eso es mentira," mascullo, saliendo. Lanzo los papeles en la camioneta, disgustado. Con él, pero también conmigo mismo.

Asher me sigue hasta el pórtico. "Lo entenderás cuando encuentres a la chica con la que supone que te quedarás."

Emma aparece en mi mente, como la primera. Digo, Emma y yo nunca llegamos lo bastante lejos como para que yo esté seguro, pero sigo resentido como nunca. Lo miro.

"¿Y cómo sabes que no la he conseguido?" lo desafío.

"Viejo, lo sabrías. No serías capaz de ocultarlo."

"Quizás sí. Quizás soy mejor manteniendo mi maldita boca cerrada que tú."

Él entorna sus ojos. "Tú no has salido con alguien el tiempo suficiente para tener a un caballo en esta carrera."

Aprieto mis puños. Si Asher esperaba una pelea hoy, misión cumplida.

"Tú no me conoces," le digo entre dientes. "Solías conocerme, pero ya no. No tienes idea de con quién salí, y no puedes decir nada tampoco."

"¿No puedo?" Él parece encontrar esa parte confusa.

Abro mi boca para decirle todo, para decir lo relacionado con Emma.

Y su maldito teléfono suena. Él me mira, frunciendo el ceño, y saca su teléfono de su bolsillo.

"Mierda," murmura. Me da la espalda, contestando. "¿Aló?"

Él habla por un minuto, mirándome periódicamente. Luego cuelga la llamada.

"Era Gunnar. Hay algo mal con las neveras del Cure. No están trabajando."

"¿Qué? ¿Por qué no me llamó a mí?"

Asher se encoge de hombros. "No lo sé. Pero tengo que ir al bar un rato. Asumo que tendremos que llamar a una persona de mantenimiento para reparar lo que sea que se haya dañado."

Entrecierro mis ojos. "Ajá."

"Vamos, no me des un problema aquí. Terminaremos nuestra conversación después."

Me encojo de hombros. "No es necesario. Siento que dije todo lo que tenía que decir."

Me regreso a aquel desastre de casa, botando humo.

"¡Jameson!" llama Asher.

Pero ya terminé. Terminé con su auto-intervención. Terminé con pretender que somos mejores amigos. Él ha sido brutalmente honesto con el hecho de que considera a Evie su mejor amiga de todas formas.

Más que eso, terminé con sus jodidas reglas.

Claro, es algo tarde para regresar con Emma y decirle. Me siento arrepentido, pero cambiando de parecer no servirá de nada.

Pero de alguna forma me siento libre de saber que en el futuro, no tengo que vivir más por sus reglas. La pregunta es, ¿cómo será un futuro sin las reglas restrictivas de Asher?

¿Y por qué tengo problemas imaginando un futuro con cualquiera menos Emma?

8
EMMA

"Okey, ¿pero cómo nos sentimos acerca de esto? ¿Creemos que es la cantidad exacta, o es una exageración?" pregunta Maia, posando en la entrada de su sala. "No quiero ser atrapada por el instinto de mi madre por exagerar. Ella es de Hong Kong, por lo que está parcialmente justificada, pero... tú sabes."

Estoy sentada en un sofá bajo de gamuza con la hermosa rubia Alice, viendo el traje de Maia. Es un mono de encaje rojo, corte bajo por delante y detrás, que resalta la pequeña cintura de Maia.

"Creo que es perfecto," dice Alice. "Muy innovador."

"No es muy revelador, ¿o sí?" pregunta Maia, dando la vuelta para que la inspeccionemos. Su acento británico me hace sonreír.

"No," le aseguro. "Serás la reina del salón."

"¡Maravilloso!" dice. "Bueno, aún cuando sólo vamos al Cure, quiero asegurarme de que todas luzcamos muy elegantes."

Me levanto, arreglándome la falda de mi minivestido azul a cuadros. "Creo que podríamos estar cometiendo un error en el Cure. Definitivamente somos lo bastante atractivas para ir a cualquier lado."

Alice y Maia se miran entre sí. Algún mensaje secreto pasó entre ellas, y ambas suprimieron las risas.

"Planeemos empezar en el Cure. Entonces si la fiesta se pone aburrida, nos vamos a otro lugar," sugiere Alice.

Levanto mis cejas, pero no discuto con ellas. Además, no es como si tuviera una mejor idea.

"Muy bien, vamos entonces," dice Maia, sacando su teléfono. "Llamaré un Uber, así no tendremos que preocuparnos de dónde y con qué carros estaremos mañana por la mañana."

Salimos de la casa. Sigo a Alice, tomando con cuidado una mota de pelusa oscura de su vestido blanco a rayas. Ella me sonríe mientras nos montamos en el Uber.

"Estoy tan contenta de que finalmente aceptaras venir con nosotros," dice Alice. "Estábamos empezando a preocuparnos por ti."

Maia volteó a verme desde el asiento frontal del pasajero, con una expresión peculiar en su boca. Ella sabe que Jameson y yo teníamos algo, pero es demasiado cortés para preguntar qué pasó.

"Sí, no sé por qué tomé tanto tiempo," le digo, mirando por la ventana hacia la oscura calle. "No es como si hubiera hecho nada en el último mes."

"Bueno, estás aquí ahora, y eso es lo que importa," dice Maia. "Y vamos a pasar un rato increíble esta noche."

"¡Claro que sí!" grita Alice.

En apenas un momento llegamos al Cure y salimos del auto, agradeciéndole al conductor. Maia sale disparada, prácticamente corriendo hasta la puerta del bar.

Miro a Alice, levantando mis cejas con una mirada interrogativa. Ella se encoge de hombros y entorna sus ojos, y ambas no apresuramos a alcanzar a Maia.

Mientras Maia abre la puerta, el latir de los bajos hace vibrar las suelas de mis zapatos. Entro por la puerta detrás de Maia y Alice, mientras mis ojos se ajustan a la habitación. Es oscuro aquí, con bastante niebla y láseres.

También está llena hasta el tope. Sólo son las diez y media, pero el DJ del que había estado hablando Gunnar es aparentemente una gran atracción. Hay gente por todas partes, bailando, hablando, y escuchando a otras personas gritar.

"Wow," gritó Alice. "¡No esperaba esto!"

Maia se empuja entre la multitud, y Alice y yo la seguimos. En el camino, veo a Brad avergonzado bailando con Gisella, sonriendo como un completo idiota.

Me detengo y los saludo por un minuto, notando la forma en que las manos de Brad no se apartan muy lejos de las caderas de Gisella. Estoy celosa de ellos por eso. Ellos lucen delirantemente felices, y siento celos también por eso.

Cuando me despido de ellos, mis ojos automáticamente empiezan a buscar a Jameson. El bar está tan lleno que me toma un minuto darme cuenta.

Entonces lo veo, alto y bronceado con sus mangas enrolladas de su franela, trabajando silenciosamente detrás de la barra. Cuando me acerco a la barra, estrujándome en el espacio que me había guardado Maia, él estaba agitando dos cocteleras al mismo tiempo.

Él las sacude gentilmente, y luego las destapa, sirviendo sus contenidos en copas. Es bueno ser capaz de verlo así, en su elemento. Es casi como era antes de besarnos, cuando yo sólo lo veía atendiendo como una chica enamorada.

Suspiro, justo cuando él levanta la mirada y hace contacto visual conmigo. Jameson parece confundido por un segundo, y luego esa mueca ridícula toma todo su rostro. Entrecierro mis ojos a él.

"Toma," dice Alice, dejando un trago en mis manos. Lo tomo, volteando mi atención a las chicas.

"¡Por nosotras!" grita Maia, levantando su copa de champaña. "Que vivamos para siempre."

Alice y yo chocamos nuestras copas con la de ella, y yo bebo la mía. Es bastante buena, con toda la espuma de la champaña con una pequeña pizca de... ¿sabor chai, quizás? Canela y cardamomo y todo eso.

"¡Wohoo!" celebra Alice. "¡Que comience la fiesta!"

Ella se voltea a la barra, apuntando a Forest. "¡¡Prepáranos otra ronda!!"

Forest le lanza una sonrisa y hace lo que le pide. Yo bebo mi champaña de nuevo, riendo cuando Maia pone sus dedos en el tallo de mi copa, levantándola.

Me fuerza a beber mucho más rápido de lo que normalmente puedo, pero asumo que está bien. Estoy en el lugar más seguro para quedar ebria, considerando que Asher y Jameson son dueños de este lugar.

Mirando a Jameson de nuevo, me termino rápidamente mi primera bebida. Él vuelve a hacer contacto visual conmigo, y por un segundo, sentí como si no hubiera nadie más en la habitación. El tiempo se detiene, doy un paso al frente, casi olvidando por qué ya no nos vemos.

"Oye," dice Maia, dándome un codazo en las costillas. "¿Te importaría tener la cabeza en el juego?"

"¿Eh?" digo, agitándome un poco. "¿Cuál juego?"

"Vamos a buscar todas a un chico lindo, y vamos a besarnos con ellos. Es nuestra meta de hoy." Ella me da una sonrisa traviesa.

"Toma, otro trago," dice Alice, tomando mi copa y reemplazándola por otra nueva. "Después de terminarnos esta, podemos bailar."

"Ustedes son terribles influencias." Bebo un poco de champaña y suelto una risa.

"Sólo estamos cansadas de que los chicos nos digan cómo ser," dice Maia, inclinando un hombro. "Yo personalmente estoy cansada de escuchar lo que piensan los hombres."

"¡Salud por eso!" digo, brindando con las chicas.

Terminamos nuestras copas y nos dirigimos a las pistas de baile. Me siento genial, tan burbujeante como champaña y tan libre como un ave. Bailo con las chicas, sintiéndome yo misma, y pasándola genial. Alguien eventualmente busca otra ronda, y me la bebo también.

Ocasionalmente volteo a ver a Jameson, sin pretender ser disimulada. Y cada vez, él está mirándome, con sus ojos fijos en mi figura.

Saber que sólo tiene que quedarse ahí y mirar, y pensar en lo que perdió cuando me dejó... admito que eso me da algo de vida. Me hace bailar más fuerte y por más tiempo, con una sonrisa secreta en mi rostro.

De vez en cuando me doy cuenta de que hay un hombre alto bailando junto a mí. Hago contacto visual con él un par de veces, y él baila más cerca.

Yo me deslizo, dejando mi lenguaje corporal abierto, y antes de darme cuenta estamos bailando juntos. Sin tocar, aún, pero bailando lo mismo.

"¿Cuál es tu nombre?" grita en mi oído.

"¡Soy Emma!" le grito.

"¡Emma, soy Jake! ¡Bailas muy bien!"

"¡Gracias!"

Me muerdo el labio, colocando mis manos en los hombros de Jake. Jake sonríe y pone sus manos en mi cintura, atrayéndome hacia él.

Me inclino más, dándome cuenta de que huele bien. Algo como sándalo. Y claro, no es tan alto y musculoso como Jameson, pero Jake es atractivo en una forma ridícula.

Él es algo esbelto, pero atlético. Lo miro, tratando de adivinar su edad.

Probablemente sea unos años mayor que yo, la edad apropiada, creo. Estudio sus zapatos y su ropa, y decido que no es un miembro de la clase de mis padres.

Eso me hace quererlo mucho más, automáticamente. Consigo una mirada de Jameson cuando Jake me hace voltear en esa dirección. Jameson está frunciendo el ceño, más que molesto. Él parece como si hubiera una nube negra sobre su cabeza.

Sé que es bastante lamentable, pero me alegra. Me alegra que Jameson me vea bailando con otro sujeto. Me alegra que me esté divirtiendo con Jake. Me alegra que Jameson luzca tan jodidamente miserable.

Bien, déjalo ponerse enojado y molesto. Así es como me he sentido todo este tiempo, desde que él rompió conmigo. Se siente genial presumir en la cara de Jameson un poco.

"Oye, ¿Te—" inicia Jake.

Pero él es interrumpido cuando me levanto de puntitas y presiono mis labios con los de él. Puedo ver la sorpresa escrita en su rostro, pero me toma bastante rápido.

Jake desliza un brazo alrededor mío, presionándome un poco. Es de hecho un besador bastante bueno, abro mi boca a él, invitándolo a presionar más.

Su lengua serpentea contra la mía, enviando un pequeño escalofrío por mi espalda. Cierro mis ojos, rindiéndome al momento.

"Fuera del maldito camino," escucho a Jameson gruñir detrás de mí. "¡Muévanse!"

Mis ojos se abren de golpe mientras Jameson me agarra, apartándome de Jake tan fácilmente como una muñeca de trapo.

"¿Qué demonios?" dice Jake, mirando incrédulo a Jameson. "Suéltala, viejo."

"Lárgate de mi bar," escupió Jameson. "Ahora, antes de que me encargue de sacarte. Créeme, no querrás meterte conmigo."

"Jameson—" digo.

"Tú cállate," me dice Jameson. "He escuchado bastante de ti por esta noche."

Miro a Jake con disculpa. "Lo siento. Quizás sea mejor que te vayas…"

"Claro que sí," sisea Jameson. "Emma y yo tenemos asuntos que aclarar, ya."

"Jameson—"

Jameson me tira por el brazo. "Tenemos que hablar en privado."

Miro a Jake, quien parece intentar decidir si debería o no pelear con Jameson. "Estoy bien, lo prometo."

Jameson me fuerza a empezar a caminar con él, hacia la puerta del patio y bajo la luz de la luna. Había unos cuantos clientes del bar afuera, así que Jameson me sacó fuera del patio. Terminamos en el callejón donde casi tuvimos sexo, y yo me suelto de su agarre.

"*Suéltame*." digo, frunciéndole el ceño. "¿Qué sucede contigo?"

Él me fulmina con la mirada, dando un paso al frente. Él es enorme; todo su físico, de cierta, forma me impacta a la vez. Jameson es simplemente una persona enorme. Él podría lastimarme si quisiera, muy mal.

Él no lo hace. Él sólo se acerca demasiado, intimidándome con su tamaño.

"No puedes simplemente venir a mi bar para conocer gente extraña y pensar que estaré bien con eso," ruge.

Tomo aliento. Puedo sentir sus ojos en mi cuerpo, sentir su pesada mirada, demasiado caliente en este pequeño y húmedo callejón. Cruzo mis brazos para tratar de bloquear su vista un poco.

"Debería ser capaz de hacer lo que quiera. Verme con quien quiera, donde quiera. No sé si lo recuerdes o no, pero *tú* terminaste *conmigo*."

Él aprieta sus puños y se inclina hacia mí. "Eso no es justo. Tú sabes que no me refería a eso."

Inclino mi cabeza. "¿Qué significa eso siquiera?"

Él pasa su mano por su cabello. "Digo, terminé contigo por causa de tu hermano. Eso no significa que yo no..."

Él baja el tono. Yo pongo mis manos en mis caderas.

"¿Qué, que tú no sentías algo por mí? Pensé que sólo era una aventura. Tú parecías demasiado ansioso en lanzarme eso en cara la última vez."

Jameson mira a otro lado. "Sí, bueno. Intentaba hacernos un favor."

Me río. No puedo evitarlo, sólo salió.

"Ahórratelo. Lo que sea que intentes hacer o decir aquí, ya no importa."

"Importa cuando está pasando frente a mí, ¡en mi bar!" truena.

No puedo evitar lo siguiente, lo cual sale tan fuerte que me deja temblando. "¡Yo no escogí esto, Jameson! ¡Tú sí! ¡Así que vive con eso!"

"Emma— ¡Emma, espera!" intenta decir.

Pero no estoy escuchando. Ya tuve suficiente de Jameson, Asher, y su mierda.

Furiosa, me doy la vuelta y camino por el callejón, hacia el estacionamiento. Las lágrimas nublan mi vista mientras saco mi teléfono, buscando un Uber para que me saque de aquí.

9

EMMA

Estoy en mi casa, lo cual está dejando de sentirse como un lugar donde dos compañeras de cuarto viven y es más como un lugar solitario. Evie sigue pagando unos míseros quinientos dólares al mes que es su parte de la renta, pero no la he visto en dos semanas.

Le he enviado unos cuantos mensajes de texto, preguntando cuándo volvería e invitándola a hacer cosas. Ella sólo responde con vagas excusas. Estoy segura de que se va a mudar pronto. Me preparo para ello.

Así que estoy sentada bajo el sol de media mañana, leyendo una copia del Boletín Jurídico de Stanford en el pórtico. Estoy pensando en comida, soñando con un omelet.

Levanto la mirada y encuentro a Asher acercándose al patio, con una caja de pasteles y un par de tazas de café balanceadas en sus brazos. Mis cejas se levantaron; no lo esperaba aquí.

"Evie no está," le digo mientras sube las escaleras del pórtico. "Pensé que lo sabías."

Él me lanza una mirada. "Estoy aquí para verte."

Empiezo a sospechar de repente. "¿Qué? ¿Por qué?"

Asher acomoda la caja en la pequeña mesa entre las dos sillas de mimbre.

"¿No puede un hombre salir con su hermanita de vez en cuando?"

Él me pasa una taza de café, la cual tomé con ojos entrecerrados. Bebo el café cautelosamente. Está bastante bueno.

"Mmm. Depende. Siento que tienes motivos ocultos." Pongo el Boletín a un lado.

"No, sólo tengo una caja grande de croissants." Él sonríe inocentemente, abriendo la tapa de la caja de pasteles.

"Sólo me haces sospechar más y más," le digo, alcanzando un croissant. "Creo que deberías decirme por qué estás aquí."

"Relájate," dice, agitándome una mano.

Nunca nada sobre Asher me ha hecho relajarme. Desde que somos niños, siempre he estado corriendo a toda marcha para alcanzarlo. Nuestros padres nos hicieron competir desde el principio.

Me di cuenta de eso, y aun así Asher sigue poniéndome nerviosa, sólo un poco.

Sin embargo, le tomo su palabra, suponiendo que lo que tiene que decirme es muy importante. Él me muestra su mano un poco, ocultando sus verdaderas intenciones lo suficiente como para considerar que sea algo más.

Muerdo el croissant, disfrutando del hojaldre y la mantequilla. "Hmmm."

"¿Verdad?" dice Asher, sonriendo. "Conseguí los croissants de Bennett. Son básicamente el desayuno perfecto."

"Ajá." Lo miro de reojo, esperando que revele por qué está aquí. Él toma un sorbo de su café, inquieto.

No tengo idea de qué está por decir, pero puedo notar que es bastante grande. Parece estar escogiendo sus palabras mientras espero aquí, mordisqueando un croissant.

"Oye, ¿recuerdas por qué hice la regla de que mis amigos no tengan permitido salir contigo?" pregunta.

Arqueo una ceja. "Mmm... no, no específicamente."

Asher se recuesta en su asiento, y la silla de mimbre rechina debajo de él.

"¿Recuerdas a Corey Helm?"

Visualizo a Corey de inmediato. Rubio, barbilla frágil, y bastante delicado. "Sí, por desgracia."

Él asiente. "Corey era muy bueno, hablando como amigos. Pero era demasiado raro y aterrador para las mujeres. Él era demasiado desesperado, y creo que las mujeres sólo... bueno ¿como lo digo? Ellas se alejaban por eso."

"Sí, él era desagradable." doy un plácido sorbo a mi café, preguntándome si eso posiblemente tenía que ver con lo que sea que Asher vino a decirme.

"Entonces no fue sino hasta que tuviste ese verano, el que tú en cierta forma... ¿creciste?"

Sonrío. "Hablas de cuando tenía quince. ¿El verano en que me crecieron los senos?"

Él se mueve, obviamente incómodo. "Sí, eso."

Volteo mis ojos. "¿Y?"

"Y salimos a nuestra piscina todo el verano, mis amigos y tu grupo de chicas."

"Recuerdo. Mi amiga Karen te admiraba, te seguía a todos lados como un cachorro en todo el verano. Y tú ni la determinaste."

Asher se sonroja. "Ese no fue uno de los momentos más brillantes de mi vida."

Termino mi croissant, encogiéndome de hombros. Él continúa su historia.

"Como sea, recuerdo que cuando llegué a la caseta de la piscina. Habían unos chicos ahí, y Corey estaba diciéndoles... les contaba sobre tu... cuerpo. Con gran detalle." Él puso una cara.

"Ugh, ¿en serio?" Arrugo mi cara. "Que asco."

"Me decepcioné totalmente de él. No sólo porque ningún hombre debía hablar así de una chica. Y tampoco porque fueras mi hermana menor, aunque en parte fue por eso."

"¿No?" preguntó, tomando un hilo suelto del borde de mi franela.

"No. ¡También me decepcionó porque había casi diez años entre ustedes! Digo, aquí estás, tan joven y demás… nada lista para esa clase de atención de los hombres. Y estaba Corey, hablando así de ti de todas formas."

Entrecierro la mirada a mi hermano por un largo instante.

"Es bueno que le cuentes lo que viste como comportamiento inapropiado. De veras. Pero así son las cosas. Tú no puedes salvarme de eso con sólo decirle a tus amigos que no me acosen."

Él mira hacia abajo. "Sí, lo sé. Es sólo que— que se joda ese sujeto, ¿sabes?"

Bajo mi café, dando palmadas en su hombro. "Lo sé. Que se joda el patriarcado también, ahora que estamos en eso."

Él sonríe. "Cierto."

"Tengo la sensación de que me contaste esa historia por una razón, ¿cierto?"

Él asiente, tomando un sorbo de su café. "Sí, de hecho."

"¿Y? ¿Me vas a contar sobre Evie y tú de cierta forma?"

Asher me mira, sorprendido. "¿Ya lo sabías?"

"Claro que lo sé." Me recuesto, cruzando mis brazos. "Eres la persona más distraída que conozco, lo juro."

Él se retuerce. "He sido acusado de estar muy ensimismado antes."

"Y con toda razón, diría yo."

Él levanta sus manos. "Muy bien. Soy un hermano mayor desenfocado entonces."

Dibujo una sonrisa. "Es bueno que finalmente te vuelvas consciente de eso. Estaba cansada de cuán denso eras en realidad."

"Eres muy graciosa, ¿lo sabías?"

"Lo intento." Doy otro sorbo a mi café, considerándolo. "¿Esta pequeña confesión es alguna táctica para la apertura de algo más?" ¿Se supone que me contaras que Evie se mudará contigo o algo así?"

Asher luce algo incómodo. "Es lo que quisiera, pero ella se apega tercamente a su independencia."

Estoy impresionada, y algo aliviada. "Bien por ella."

"Deberías estar de su lado." Él suspira. "Sin embargo, es algo un poco más complicado que sólo yo pidiéndole que se mude."

"Claro que es complicado," le digo. "Nada que valga la pena es fácil."

"Mmm," dice, asintiendo. "No lo sé. Evie ha cambiado el eje de todo mi mundo, al parecer."

Miro dentro de la caja de postres, buscando un segundo croissant. "Así que viniste aquí para... ¿Ser sincero y decirme que estás saliendo con ella?"

Él se encoge de hombros. "Es todo lo que tengo por ahora. Y de hecho..." Él mira su teléfono. "Quizás de debería irme. Tengo que abrir el Cure temprano hoy. Llegará un gran cargamento de licores en la mañana."

"Okey." Miro cómo se levanta, bebiendo su café. "Déjame tu taza."

"Ven al bar los próximos días. Estoy probando un montón de cocteles basados en licor de sauco, para los paladares más ligeros. Te usaré de conejillo de indias."

"Bien. Te veré después."

Él sale del porche, y yo suspiro. Su visita fue inesperada,

pero algo linda. Podría haber sabido sobre Asher y Evie, pero aún así fue algo dulce que él viniera a contármelo.

Honestamente, me hace pensar en Jameson. Si mi hermano me hubiera contado esta historia hace un mes, probablemente lo hubiera usado como munición para protegerme de cualquier escándalo de hermano mayor sobre Jameson y yo.

Ahora, desde luego, ya no importa. Jameson hizo todo el asunto irrelevante. Pero sigue siendo bueno saber que si Asher me pone alguna resistencia en que yo salga con alguien mayor que yo, puedo sacar la tarjeta de Evie.

Pensar en Jameson debe tener algún efecto de atracción en el universo, porque tan pronto como me siento a leer de nuevo, aparece él. Estaciona su motocicleta frente a la acera de mi casa, luciendo tan apetitoso como un cono de helado. Lo miro mientras se baja de la moto, quitándose el casco y pasando una mano por su cabello.

Empieza a caminar hacia mí, cruzando el jardín en pantalones apretados y una franela azul claro. Su cabello oscuro y barba matutina resaltan la intensidad de sus ojos. Se me hace agua la boca y mis manos empiezan a temblar cuando me doy cuenta de que soy lo que esa cosa tiene en la mira.

Tengo que preguntarme ¿habrá algún tiempo en el que no sienta lujuria por Jameson? ¿Cuándo lo veré y no sentir al instante que somos las dos únicas personas en el mundo? ¿Cuándo dejaré de imaginarnos desnudos y revolcándonos, sin importar lo breve?

Me quedo petrificada por su mirada. Quiero desnudarme, aquí y ahora, y sólo lanzarme a sus pies. Pero claro que no lo haré. Tengo *algo* de orgullo, después de todo. Sólo pensaré en ello.

Para el momento en que llega al pórtico, he logrado controlarme de alguna forma. No importa que esté supuestamente molesta con él por como terminaron las cosas la otra noche.

No lo he olvidado, pero parece tan distante ahora. Sin importancia.

Jameson se detiene en las escaleras del pórtico. "Vengo en son de paz."

Su voz es tan rígida y grave, que me da escalofríos. Inclino mi cabeza, fingiendo considerar sus palabras.

"¿Ah, sí?" digo. Mi voz es sorprendentemente firme, aún cuando mi cabeza es en realidad un huracán de confusión.

Él aclara su garganta. "¿Puedo pasar y sentarme?"

Mi boca se siente seca. Inclino mi cabeza. "Sí."

Él sube las escaleras. Yo olvido lo alto y ancho que es, y lo pequeña que soy en comparación. Mientras se sienta, yo muerdo mi labio inferior, rehusándome a admitir lo mucho que lo deseo.

Debe ser hormonal o algo, estoy segura. Eso podría explicar el porqué se endurecen mis pezones y mi vagina se aprieta, con sólo mirarlo.

Jameson se sienta a mi lado, mirándome con una expresión indecisa. "Lamento como terminaron las cosas la otra noche. No fue mi intención."

Entrecierro mi mirada hacia él, moviéndome en mi lugar.

"¿Y cual se suponía que era tu intención? ¿Qué esperabas que ocurriera después de que me sacaste?"

Él mira abajo un segundo. "No lo sé. No estaba pensando, obviamente. Yo sólo... te vi con ese otro sujeto, y seguí pensando... no aquí. No soportaría estar aquí y ver cómo ese sujeto se gana a Emma en mi territorio."

Arqueo una ceja. "Te das cuenta de que eso es absurdo, ¿no? Una completa locura."

Él frunce el ceño. "Sí, lo sé. Yo sólo... estoy luchando para entender los términos del rompimiento, ¿okey?"

Me recuesto, analizándolo. "Sí, lo entiendo." Arrugo mis labios, pensando. "Al menos no soy sólo yo quien está pasando un mal rato con todo."

Jameson me mira, con un brillo en sus ojos marrón oscuro.

"En serio lo siento. ¿Podrías perdonarme?"

Quiero acercarme y tocarlo con tantas ganas, que mis dedos están inquietos. En vez de eso, cruzo mis brazos alrededor de mi pecho.

"Sí," digo simplemente. "Pero tienes que entender que algún día me iré. Quizás no hoy, quizás no mañana... pero pronto. Y no puedes estar por ahí siendo un idiota por eso tampoco."

Algo oscuro pasó por sus ojos, quizás dolor. Pero se fue antes de que pudiera darle nombre a la emoción. Le toma un segundo decir la palabra.

"Entiendo."

Le sonrío un poco. "Bien."

Él se levanta, metiendo sus manos en sus bolsillos. "¿Hay alguna forma de que puedas seguir enseñando? ¿O sólo es una locura pensar que funcionará?"

Lo pienso por un segundo. "Lo haré, si tú prometes llevarme a surfear. Realmente quiero hacerlo bien esta vez."

Su rostro se arruga un poco mientras sonríe. "Creo que es un trato."

"Genial." Me levanto, aunque no tengo adonde ir. "¿Me envías un mensaje?"

"Desde luego."

Sin otra palabra más, se aleja lentamente del pórtico. Lo miro mientras regresa a su motocicleta, mordiendo mi labio inferior.

10

JAMESON

Aún en la cama temprano en la mañana, pienso en surfear. Hoy será un perfecto día de verano. Cielo azul, sin ninguna nube a la vista. Y supongo que las olas estarán brutales. Estoy tan agotado con el resto de mi vida, que no puedo esperar a tocar el océano.

Y entonces pienso en Emma. Porque pienso en ella cada vez que estoy solo en esta cama, y frecuente termino masturbarme imaginándola. No tengo pena en decirlo, al menos a mí mismo.

Extraño follarla.

Imagino a Emma, con su cabello oscuro recorriendo su espalda, sus senos y trasero y piernas perfectamente bronceados dentro de ese pequeño bikini blanco suyo. En mi mente, ella mira por encima de su hombro y me sonríe.

Me pongo duro enseguida, formando una carpa bajo las sábanas. Paso mi mano y le doy a mi pene una larga y perezosa caricia, imaginando que Emma está sentada en mi pene, besándome. Sujetaría sus piernas para mantenerla en su lugar, mientras ella me monta fuertemente, sin aliento al sentir mi enorme miembro estirando su delicada y pequeña vagina.

Sólo me toma un minuto imaginar sus perfectos senos rebotando, imaginar los sonidos que ella hace mientras la follo...

Lanzo mi descarga a todos lados, arruinando mis sábanas y mi edredón mientras me libero con desdén. Me quedo así por un minuto, y luego me levanto sintiéndome culpable a limpiarlo todo.

Esta es la tercera vez esta semana que he tenido que lavar toda mi ropa de cama. Culpo a Emma; es difícil mirarla o pensar en ella sin volverse loco por la cojonera.

Mientras me visto para ir a la playa, Emma nunca sale de mi cabeza. Colocándome unos shorts de cuadros y una franela, pienso en la conversación de ayer. Ella me pidió que le enviara un mensaje...

Olvídalo. Tomo mi teléfono y le envío un mensaje, sólo para saber si está cerca.

¿Estás despierta?

No espero nada, pero para mi sorpresa, ella responde casi al instante.

Estoy despierta. ¿Y tú?

Iré a la playa en un rato. Quiero llegar allá al amanecer. ¿Te interesa?

Espero un minuto, mientras voy preparando mi café. Cuando reviso de nuevo, hay una respuesta de ella.

¿Me buscas?

Una mueca se forma en mi rostro. Le envío un mensaje de que estaré allá en quince minutos, y me apresuro a buscar mis cosas. Después de encontrar una toalla y bloqueador solar, agarro dos tablas. A último minuto, lleno un termo con café y crema, y voy hacia el carro.

Todo el camino hasta su casa en la tenue luz de la mañana,

estoy de un humor ridículamente bueno. Es gracioso como mi humor de mierda se derritió ante la idea de Emma en un bikini. Una parte de mí piensa que es triste el hecho de estar atado a esta chica, pero la otra está súper feliz de que ella...

Bueno, no me ha perdonado, de por sí. Y nada ha cambiado. Pero ella accedió a salir hoy, lo cual es bueno hasta donde puedo conseguir.

Sólo tomaré esos malos sentimientos y dudas y los guardaré en lo más profundo. Mientras estaciono afuera de la casa de Emma, veo la puerta de enfrente abierta.

Y ahí está, tan atractiva como siempre ha estado. Su cabello acomodado en una cola de caballo, lleva puesto un pequeño top amarillo eléctrico que me deja boquiabierto, y un par de shorts negros ridículamente pequeños.

Ella trota hasta mi Jeep, tirando de la puerta y entrando. También tiene una mochila, probablemente para cargar su traje de neopreno. Me mira, con una pequeña sonrisa en sus labios.

"Hola," dice.

"Hola a ti," digo con ligereza, colocando el carro en drive.

"¿Podemos pasar por algún lugar por café?" pregunta, bostezando un poco. Espero a que ella se ponga el cinturón de seguridad, tratando de no dejar que mi mirada se detenga por mucho tiempo en esas piernas bañadas por el sol. "Es muuuuy temprano."

"Yo traje un poco, si no te molesta compartir," le digo, apuntando con mi pulgar al asiento trasero. "Está en el termo."

"¿Crees que rechazaría un café gratis?" Ella busca el termo. Cuando desenrosca la tapa, el aroma a tostado oscuro impregna el aire por un segundo. "Incluso si eso significa recibir tus piojos."

Le lanzo una mirada, molestándola de vuelta. "Oye, no tienes que beberlo."

Ella sirve un poco en la tapa, y luego sorbe. "Café es café."

"Lo recordaré." Llevo el Jeep hasta el estacionamiento frente a la playa justo cuando el amanecer realmente se hace notar. La playa luce genial así, con la luz levantando sus cálidos rayos para alcanzar una fría ola aquí, y una duna de arena allá.

"Vaya, parece que... no hay nadie," se maravilla Emma, boquiabierta por ver la playa vacía. Y tiene razón. Sólo hay un par de carros estacionados aquí temprano.

Detengo el Jeep. "Casi nadie se levanta a esta hora para hacer cualquier cosa."

"Ya veo. Digo, usualmente yo tampoco lo haría." Ella sonríe mientras tapa el termo y sale del carro.

Evito mirar su trasero de nuevo, el cual estoy seguro que luce fantástico cuando ella se inclina con esos shorts. No necesito caminar alrededor con una enorme erección mientras estamos cargando cosas del Jeep hasta la playa. No quiero que ella piense que soy un total pervertido.

Aunque lo soy. Y ella sabe que lo soy.

Gruño mientras recojo las tablas y mi mochila, caminando direct hacia la arena. Emma me sigue, cargando su propia mochila sobre su hombro. Elijo un punto cercano donde las olas vienen directo hacia la playa, calculando por la menguante marea que nuestras cosas estarán a salvo del agua.

"Aquí está bien," digo, mirando a Emma.

Ella deja caer su mochila, lo cual tomaré como que está satisfecha con el lugar.

"Luce bien para mí," dice, tapando sus ojos del sol naciente. "Realmente estoy esperando que pueda mantenerme de pie esta vez."

"Tú puedes, eso es seguro," le digo, bajando las tablas. Abro mi mochila, sacando el bloqueador y mi traje de neopreno. "¿Crees que puedas compartir algo de ese café?"

Ella me da una sonrisa torcida. "Sí."

Emma sirve un poco de café en la tapa del termo, y me lo pasa. Me bebo el café, tratando de no mirar mientras ella se quita su pequeño top y sus shorts. Coloco la tapa del termo encima de las tablas mientras ella mete su hermoso cuerpo en su traje de neopreno.

Mirando la arena, me quito mi franela y mis zapatos, y luego me pongo mi traje. Lo subo hasta la mitad, dejando mi torso desnudo.

Cuando levanto la mirada, encuentro a Emma observándome, con una mirada pesada y acalorada. Se sonroja cuando nuestras miradas se tocan.

Hay un momento incómodo cuando sonrío y ella intenta no sonreír.

"Ambos seguimos sintiéndonos atraídos, en caso de que no te hayas dado cuenta," le digo, tratando de aliviar la tensión."

Ella arquea una ceja. "¿En serio?"

"Sí. El hecho de que no hayamos tenido sexo últimamente no significa nada."

Trato de mantener mi tono ligero y casual. Por dentro, estoy muriendo por saber si ella me desea tanto como yo. Ella sólo se sonroja y agita su cabeza hacia mí.

"Es bueno saberlo." Su sonrisa es cerrada, sugiriendo que no debería sacar viejos sentimientos al sol.

"¿Lista para comenzar, o tal vez prefieres un repaso?"

Emma parece indecisa. "Uhhh... ¿quizás debas recordarme cuáles son los pasos? Quiero decir, verbalmente."

"Okey, empezando con el final de la tabla, ¿sí?" Apunto al borde de una de las tablas de surf. "Tú tomas los lados, y luego te mueves sobre tu estómago. Luego te levantas hacia arriba..."

"Oh, claro. Luego giro mi pierna..."

"Sí. Y deslizar tu otro pie hacia el frente. Luego la parte más difícil, la cual es tener suficiente balance para pararse y surfear."

"Bien. Lo tengo." Ella arruga su rostro. "Digo, creo que lo tengo."

"Bien. Vamos a comenzar, entonces."

Levanto la tapa del termo, colocándola de vuelta sobre él. Luego le entrego una de las tablas de surf. Entramos el mar, con la arena firme y crujiente, quebrándose bajo nuestros pies. Cuando doy un paso en el océano y siento como da vueltas alrededor de mis pies, tomo una bocanada de aire salado.

Mirando a Emma asegurándome de que me sigue, coloco mi tabla en el agua.

"No olvides atar el cordel a tu tobillo," le digo. Balanceándome extrañamente por un segundo, ajusto el mío.

La miro mientras ella hace lo mismo, mordiendo su labio mientras se pega el cordel. No puedo evitar la forma en que mis ojos bajan hasta su carnosa boca, o la forma en que bajan hasta sus senos. La mayor parte de su cuerpo está cubierta por el traje de neopreno, pero me doy cuenta de que el cierre sólo se levanta hasta su busto, dejando bastante espacio para que la imaginación aceche entre las dulces sombras que allí se encuentran.

Me doy cuenta de que soy tan malo como un jodido adolescente cachondo, llenando lo que no puedo ver. Pero no me molesto en apartar la mirada esta vez.

Ella levanta la mirada y cambia de color cuando me ve mirándola. Ella toma un mechón de cabello detrás de su oído. "¿Qué?"

Yo sonrío. "Nada. ¿Lista para intentar surfear?"

Ella empieza a apartarse de la orilla. "Sí, yo—" Luego su rostro se retuerce. "¡AAAYYY!"

Ella se aparta de donde había pisado y recuesta su peso sobre su pierna izquierda, con expresión de agonía.

"Hey, ¿estás bien?" pregunto, mirando alrededor. Busco en toda el agua a su alrededor, pero es turbia, con mucha arena revolviéndose alrededor de su cuerpo.

Emma está de hecha un mar de lágrimas. "Creo que me picó una medusa. ¡De veras que *duele*!"

"Okey, regresemos a la orilla. ¿Puedes caminar?"

Ella menea su cabeza, con su rostro ardiendo. Cuando habla, su voz se ahoga en lágrimas. "No creo."

"Ven aquí," le digo, agachándome y levantándola en mis brazos. Ella no pesa nada, con su pequeño cuerpo rompiendo en llanto. Sus manos se acomodan en mis hombros, colgándose de mí mientras trata de controlar sus hipidos. Me dirijo a la orilla, murmurando cosas dulces a ella. "Está bien. Estás bien."

Reduzco el paso por el hecho de que estoy arrastrando dos tablas de surf, pero eventualmente logro salir del agua con Emma en mis brazos. Tan pronto salimos del agua, me quito el cordel y suelto el de ella.

Dejando las tablas detrás de nosotros, la llevo al punto donde dejamos nuestras cosas. Me pongo de rodillas en vez de bajarla, colocándola gentilmente sobre la arena.

Ella de inmediato empieza a intentar ver su pierna derecha, mientras busco en mi bolso un kit de primeros auxilios que guardo ahí. Saco una pequeña botella de vinagre que tengo a la mano para esta ocasión.

"Déjame ver." Nos movemos de forma que su pie está en mi regazo, examinándola con un cuidadoso roce. Veo la picada de medusa, una roncha perfectamente clara y lineal que brilla en un fuerte rojo. "Creo que tuviste suerte, porque no hay que remover tentáculos."

"¡Ayyyy!" grita cuando muevo un poco su pie de repente.

"Lo siento," le digo, destapando el vinagre. "Esto probablemente vaya a doler un poco al principio."

Emma asiente, mordiendo su labio. Las lágrimas caen de su rostro mientras vierto el vinagre en la picadura. Ella se retuerce, pero no reacciona de otra forma.

Después de medio minuto, ella exhala fuertemente. "Ya no duele tanto. Oh por dios, que alivio."

Froto su pierna por un segundo. "Apuesto a que sí."

Ella levanta la mirada, apartando el resto de sus lágrimas. Nuestras miradas se conectan, y por un segundo, me sentí perdido en el misterioso verde de sus ojos.

Tras un minuto, ella baja la mirada. "No creo que surfee hoy, Jameson."

"No. Lo intentaremos otro día." Le sonrío para animarla.

Sus labios se levantan formando apenas una sonrisa. "Okey. Suena bien."

Levanto su pie de mi regazo y empiezo a recoger nuestras cosas juntos.

11
JAMESON

Me estiro, revisando mi teléfono. Son casi las cinco y estoy sentado en el sofá de un café, esperando que Emma llegue. Ella está una hora y diez minutos tarde, lo que no es normal para ella. Miro la tienda, que está casi vacía.

"¿Señor?" pregunta una joven mujer, tomándome por sorpresa. Es la misma chica que me hizo el latte cuando llegué aquí, hace una hora. "En realidad vamos a cerrar temprano, si no le importa."

"Claro, sí." Me levanto, tomando mi mochila y mi taza vacía de latte.

"Me llevaré eso," dice, tomando la taza de mis manos. "¡Tenga un buen día!"

Asiento, saliendo de la tienda. Tengo que reconocer a la barista, nunca me habían dicho que me largara de una forma tan amable.

Mientras salgo hacia la clásica tarde de verano, Emma viene corriendo hacia mí. Lleva un elegante vestido pequeño blanco, mostrando una buena cantidad de escote y piernas, lo cual compensa su tardanza.

"¡¡Perdón llegar tarde!!" se disculpa. "Te juro que salí de casa a una hora razonable…"

"No importa. El café cerró temprano, así que estamos libre ahora."

"¿En serio?" Emma miró la ventana del café, como si estuviera mintiendo.

Me cubro los ojos. "Si. Escucha, muero de hambre. ¿Tienes suficiente hambre para ir a comer?"

"Uhhh…" Ella parece indecisa. "¿No íbamos a estudiar?"

"Totalmente. Es sólo que ya que estamos aquí, podríamos ir a Casa Carne, porque está cruzando la calle. Tienen los mejores tacos, te lo aseguro."

Ella sacude su largo cabello oscuro. "Sí, creo que está bien."

"Vamos. Siento que probablemente no has tenido una buena comida hoy." Miro a ambos lados antes de cruzar la calle. "¿Verdad?"

Ella se sonroja un poco, apresurándose para seguirme. "Quizás."

Una vez que cruzamos la calle, bajo el paso, por respeto al hecho de que ella es más bajita que yo. Miro la bandera roja, verde y blanca, la cual es lo único que denota que el camión de tacos existe.

"¿Es este?" pregunta, rascándose la nariz.

"No pongas esa cara," le digo, caminando hasta la ventana abierta del carro.

"¡No entiendo nada de lo que hay en el menú!" protesta.

"Confía en mí, ¿okey? Ordenaré por ti. Tú no comes pollo, carne, o cerdo, ¿verdad?"

Ella me da una larga mirada, y luego asiente. "Así es…"

"Hola," le digo, saludando al hombre de mediana edad que maneja el carro. "¿Qué hay, Amigo?"

"Que hay," dice el señor, con una voz sorprendentemente profunda. "¿Qué van a pedir?"

"Dame unos chilaquiles, dos tacos de barbacoa, y dos tacos tinga. Un taco de tofu para ella... y dos pupusas vegetarianas. Ah, y dame también dos Coca-colas." Miro detrás mío, y veo un pequeño patio vacío. "Para comer aquí, por favor."

"Entendido. Eso serán... veintidós dólares."

Cambiamos dinero, y le dejo una jugosa propina en el frasco de propinas. Él me entrega los refrescos, después de destaparlos. Empieza a cocinar, y yo apunto a las dos pequeñas mesas.

"Tú eliges," le digo.

Ella escoge una de las mesas, y me siento en una silla de plástico frente a ella. Le entrego la botella, y ella toma un gran sorbo. Ella se sienta, analizándome.

"¿Vienes aquí a menudo?"

Deslizo mi mochila en el suelo. "No mucho. Aunque amo su sazón Es la comida que preparé casi toda mi vida."

"Espera, ¿qué?"

"Sí. Tuve dos oportunidades de trabajo al mismo tiempo. Uno era un bar de segunda. El otro era un carrito como este. A veces me pregunto qué hubiera pasado si hubiera escogido otro trabajo."

Emma lo piensa por un minuto. "Siento que hubieras sido exitoso sin importar qué industria escogieras. Tú sólo ponle pasión a cualquier trabajo, y los clientes hablarán solos. Eso es lo que te hace exitoso."

Frunzo el ceño. "No sé nada de eso."

Ella entorna sus ojos. "Tómalo de mi punto de vista, ¿okey? Te lo digo. Eres listo, y eres ambicioso."

Aclaro mi garganta un poco. "Quiero decir, sólo lo hago bien porque tu hermano pensó que debía invertir en el negocio."

"Mi hermano fue el suertudo, Jameson. Si él no invertía en ti, alguien más lo haría seguramente. La razón por la que

Asher ha tenido sentido administrativo es porque es lo bastante listo para ver una oportunidad cuando la tiene frente a su torpe nariz."

Ella bebe otro largo sorbo de Coca-Cola, aclarando su garganta delicadamente. Mientras cruza sus largas piernas, yo contengo cualquier reacción que siento, ya sea porque ella se ve muy bien o por sus cumplidos.

En vez de eso, cambio de tema.

"¿Alguna has pensado en qué harías si no hubieras entrado a la escuela de leyes?" le pregunto.

En ese momento, el señor del carro se acerca, con sus brazos repletos de platos. "Con cuidado que está caliente, ¿okey?"

"Gracias," le digo, haciéndome agua la boca mientras huelo la carne de barbacoa y el tinga de pollo.

"Oh, por dios. ¡Mira todo esto!" exclama Emma. "Se ve fantástico."

Acomodamos un plato para cada uno, dividiendo los tacos y las pupusas. Puse los chilaquiles entre nosotros, dejando que la mezcla de huevos, pimientos y cebollas, y las tortillas se enfríen a temperatura ambiente.

Ella le da una mordida al taco de tinga, y luego suelta un fuerte gemido. "¡¡Esto está muy bueno!!"

Yo le doy una mordida a mi pupusa, saboreando la tortilla de maíz y el relleno de queso. Ella tiene razón, es tan fenomenal como pensé que sería.

Comemos por un minuto, con nuestras bocas demasiado llenas para preocuparnos por hablar.

"No respondiste mi pregunta," le apunto, bebiendo mi refresco. "¿Qué harías si no fueras una abogado en entrenamiento?"

"¡Mmm! No lo sé." Ella se rasca su nariz. "Siento como si ese fuera mi camino desde pequeña. Tenía la opción de ser una abogada, o ama de casa. Y odio ser ama de casa, ¿sabes?"

Ella toma un bocado de los chilaquiles, saboreándolo con un 'mmm'.

"Muy bien, pero si tú pudieras ser cualquier cosa. Podrías diseñar cohetes o diseñar ropa o... lo que sea. ¿Qué querrías ser?"

Ella le da una enorme mordida a su taco de tofu, y toma un minuto para masticar. "Hmmm. Creo que sería veterinaria, ¿quizás? Adoro a los animales."

Eso me sorprende. "¿Sí? Nunca te he visto tener una mascota, que yo sepa."

Ella menea un dedo hacia mí. "Eso es porque no me gusta tratar con animales pequeños. No, sería veterinaria de animales grandes. Caballos, vacas... quizás bisontes y ciervos."

"¿En serio? Dios, no te imagino haciendo eso."

Ella se ríe. "Sí, bueno. Amo montar a caballo. Hice equitación durante la escuela. Incluso en la universidad, de hecho."

"¿Qué diablos es equitación?" pregunto imaginando algún deporte con pelotas.

"Es montar a caballo. Tú sabes, sillas inglesas, mujeres llevando botas de cuero hasta las rodillas. Caballos con sus crines trenzadas. Todo el paquete."

Yo sólo gruño, mirándola. Puedo verlo. Una chica con el pasatiempo de montar caballos tiene más sentido para mí.

"No me mires así," me acusa. "Todas las chicas de mi clase hicieron equitación."

Yo sólo como mi pupusa y mantengo las ideas en mi cabeza.

"Oye... ¿Recuerdas en Halloween cuando Asher y tu nos llevaron a mí y a mis amigas a buscar dulces?" pregunta Emma, apartando su plato casi terminado.

"Por supuesto," le digo. "Tú ibas como una dama elegante, si mal no recuerdo."

Sus hoyuelos se resaltan. "Yo era la figura histórica de Elizabeth Cady Stanton, una de las primeras líderes del movimiento por los derechos de las mujeres."

Yo meneo mi cabeza, haciendo una bola con una servilleta y dejándola en mi plato. "Tendrás que ir lento conmigo. Recuerda, yo dejé la escuela. Soy un idiota, y siempre lo seré."

Esperaba que ella volteara sus ojos, pero no lo hizo. En vez de eso, se tornó solemne por un minuto.

"Tú no eres idiota. En serio, eres muy listo. No bromeaba cuando dije que serías exitoso sin importar lo que hagas."

Entorno mis ojos, con mi rostro ruborizándose. "No digas eso."

"¿Qué? ¿Por qué no?"

"Porque sé que lo dices por ser amable, pero sigue siendo un montón de patrañas."

Ella parece sorprendida por eso. "No, no es así. Estoy siendo totalmente honesta. Podrás haber abandonado, pero he visto tu biblioteca en tu casa. Shakespeare, Herman Melville, David Foster Wallace... eso no es lo que lee un idiota, ¿okey?"

Yo sólo la ignoro. Sé lo que es cierto y lo que no, y la línea que ella sigue repitiendo sobre mi inteligencia simplemente no es cierto. "Muy bien. Como sea. Hablemos de algo más."

Emma suspira. "Muy bien. ¿De qué quieres hablar entonces?"

"Uhhh..." Busco en mi cerebro por algo más de qué hablar. Finalmente consigo algo, pero cuando lo digo en voz alta, suena súper soso. "¿Cómo están tus padres?"

Hay una tensión palpable en el aire. No mucho entre

Emma y yo, sino entre ella y sus padres. Me doy cuenta de que ella se endereza un poco y aclara su garganta.

"Ellos están bien. Están... están intentando animarme a salir con la gente que ellos aprueban." Ella baja la mirada, jugando con el borde de su vestido.

"Oh." No estoy seguro de cómo responder eso. "¿Algo bueno hasta ahora?"

Observo cómo su expresivo rostro se torna triste. Es doloroso verlo. Es doloroso ser parte de una conversación donde ella hable sobre citas con gente que no soy yo.

Sé que yo debería ser el único en quien piensa. Ella lo sabe también.

Pero para preservar nuestra frágil tregua, ninguno de los dos lo dice.

Ella mantiene sus ojos en el borde de su vestido. "No del todo. Hay unos chicos que mi madre piensa que son un buen partido, lo que sea que signifique eso."

"Eso es... bueno." Honestamente no puedo pensar en algo más que decir.

"¿Y qué hay de ti?" pregunta, mirándome.

"¿De qué hablas?"

"Hablo de... tú sabes. ¿Con quién estás saliendo?"

Algo como un brillo de esperanza sale en esos ojos verde esmeralda suyos.

"Nadie." Me muevo en mi asiento, demasiado incómodo con esta línea de preguntas. Lo que quiero decir, lo que debería decir, es *nunca habrá nadie más para mí que tú.*

Pero no lo hago. Ella se muerde el labio inferior.

"Ya veo."

Realmente dudo que lo haga, pero mejor lo dejo pasar.

"¿Estás lista para buscar dónde estudiar?" le pregunto, levantándome. Empiezo a recoger los platos de cartón de la mesa.

"Claro," dice. La miro, y puedo ver que algo le pesa. Pero no quiero hablar más sobre eso.

Así que lanzo los platos de papel a la basura y agradezco al señor del carro de comida. Luego llevo a Emma de vuelta a cruzar la calle.

12

EMMA

Estoy en la calle, en frente de la pizzería a la que me llevó Jameson, mordiendo un clavo. No quiero estar aquí. En especial no me gusta estar vestida así — con un revelador vestido negro completo, y nada más.

Pero mi madre me fastidió tanto sobre salir con Rich, que finalmente me rendí y accedí. Sé que es una mala idea, pero lo hago de todas formas.

Lo que sea para complacer a la familia, ¿no?

No estoy tan segura de eso ahora, mientras estoy de pie sudando mientras espero que Rich aparezca. Él está casi quince minutos tarde, y estoy en un serio apunto de llamar un Uber.

Si él no se puede tomar la molestia de llegar a tiempo a nuestra primera cita, no puedo pedir mucho para futuro.

"¿Emma?"

Me volteo para encontrar a Jameson y Forest caminando. Puedo sentir los ojos de Jameson por todo mi cuerpo en un traje tan llamativo... claro, con él se siente algo travieso.

"¿Hola?" digo, apartando un mechón de cabello. "No esperaba verlos hoy."

"David nos invitó," dice Forest. "Te ves bien, de hecho."

Me sonrojo. "Oh, gracias. Yo, um... estoy en una cita."

La expresión de Jameson se torna oscura como una tormenta. "¿Aquí?"

Muerdo mi labio, mirando por encima de mi hombro. Me toma un profundo aliento antes de poder responder. Intento sonreír, activando mi encanto.

"Sí. Digo, él llega tarde, pero como sea vendrá."

Jameson sólo me mira con firmeza, lo que me hace sentir una total basura. No podía haber sabido que él vendría hoy.

"Deberíamos entrar," dice Forest, tirando a Jameson del brazo. "Fue bueno verte, Emma."

Jameson deja que Forest lo lleve hacia la puerta del restaurant, pero voltea a verme. Él no dice nada, pero sus ojos hablan a gritos.

¿Cómo pudiste hacer esto? Y *Esto no es lo que quería* son los más grandes entre ellos. Me da escalofríos. Sé que no tengo elección que seguir adelante, pero aún se siente mal.

Así que miro abajo, rompiendo la conexión. No puedo hacer nada más.

Levanto mi teléfono, tratando de decidir entre llamar el Uber e irme a casa o sólo cambiar de restaurante. No puedo entrar, obviamente. Pero Rich ya lleva casi veinte minutos de retraso... ¿habrá alguna forma en que pueda llamar a esto?

Insegura, tomo otro aliento.

"¡Emma!"

Levanto la mirada para encontrarme con Rich, vestido con una sudorosa ropa deportiva. Le doy una mirada perpleja. Le dije definitivamente que iríamos a cenar a un buen lugar.

"Te ves elegante," dice. Se acerca, aparentemente buscando un abrazo.

"Este vestido es Valentino," le suelto, apartándome de sus brazos. "¡Y te dije que iríamos a un buen lugar para cenar!"

"Dijiste que era pizza," dice a la defensiva.

"No, definitivamente dije un restaurante elegante Italiano. Te dije explícitamente que vistieras bien." Me siento ofendida de que incluso intente discutir conmigo.

Rich baja la mirada hacia su ropa sudorosa y arrugada, y se encoge de hombros. "Estoy seguro de que nos dejarán entrar."

El viento sopla, y yo percibo su aroma. Me rasco mi nariz; él no huele simplemente sudoroso, él apesta, como si *nunca* se hubiera bañado. ¿Cómo no me di cuenta de eso en la fiesta de mis padres?

"Sí, no podemos entrar allí," le digo con señas al restaurante detrás mío. "Es tarde para la cena. Nos perdimos nuestra reservación, y además, ellos tienen un código de etiqueta."

"Psssh," dice, agitando una mano. Sólo tengo que sobornar una mano o dos. Créeme, no es nada que no haya hecho cientos de veces."

Él no parece siquiera darse cuenta de lo creído que suena. Eso realmente me saca chispas. "Rich—"

"Si, como digas," dice, tomando mi brazo y me agita. Quedo tan sorprendida por eso, que se me cae la quijada. "Paréceme que te gusta discutir mucho, ¿no? Vamos, querías entrar, así que entremos."

Su agarre sobre mi brazo es como hierro. Yo me tambaleo hacia la puerta del restaurante, incapaz de organizar las palabras para regañarlo.

Entramos al pequeño y animado lugar, y yo veo que está repleto. Un joven se acerca al puesto de recepción.

"Hola. ¿Tienen reservación?" pregunta.

"Sí tenemos. ¿Verdad, nena?" dice Rich, mirándome.

Yo trato de no poner mala cara. "Teníamos una a las siete y media para Alderisi."

El anfitrión nos da una mirada desaprobadora, y empieza a escribir mi nombre en un iPad que tiene en el puesto. Yo vuelvo a percibir el hedor de Rich, y casi vomito.

El anfitrión analiza a Rich. "Lo lamento, pero aunque tengo su reservación en espera, no creo que usted cumpla con nuestra etiqueta."

Rich suelta mi brazo y busca en su bolsillo, sacando varios billetes. Él toma dos, colocándolos en el puesto del anfitrión.

"¿Y qué me dices de esto?" declara. "Sólo para que sepas que hablo en serio sobre poner las manos en la masa." Se echa a reír. "¿Entiendes? ¿Poner las manos en la masa? ¿Porque es una pizzería?"

Aunque quisiera que él no tomara el dinero de Rich, el anfitrión discretamente guarda los billetes. "Si quieren pasar por aquí, les mostraré su mesa."

Volteando mis ojos, sigo al anfitrión a través del restaurante... justo a la mesa detrás de Jameson y Forest. Jameson me ve, con chispas en los ojos, y luego ve a Rich. Su expresión se vuelve perpleja mientras mira adelante y atrás entre Rich y yo. Como si intentara unir las piezas, pero le sigue faltando algo.

El anfitrión nos lleva a nuestra mesa, y Rich toma el asiento alejado de Jameson y Forest. Él se lanza sin pensarlo, y yo me quedo para sentarme con Jameson a plena vista. Siento cómo se me enrojecen las mejillas mientras me siento.

¿Podría esta cita ponerse peor? Si es así, no quiero saberlo.

Rich toma el menú de tragos. "¿Te gustan los cocteles?"

Yo coloco mi bolso en mi asiento, alineando mi mirada de manera que Rich bloquee a Jameson. Levanto el menú de comida. "No lo sé. ¿Creo que sí?"

Rich toma al primer camarero que pasa. "¡Oye! Queremos un par de Acapulcos aquí."

Mis cejas se juntan. "Yo no bebo tequila."

"Te encantará," dice, levantando el menú de comida. "Oooh, tienen ribeye. Es lo que voy a pedir. Tú quizás deberías pedir una ensalada o algo."

Quedo boquiabierta, pero una vez más me ha dejado sin palabras. Todo lo que está diciendo y haciendo es el clásico comportamiento de una mala cita. Es casi como si me estuviera poniendo a prueba, tratando de ver qué toleraré.

"No lo creo," digo, entrecerrando mis ojos hacia Rich. "Creo que pediré pizza de champiñones."

Él ni siquiera baja su menú. Él sólo me habla sin apartar la mirada, lo cual es bastante grosero. "Muy bien. Sólo no te quejes cuando te pongas gorda, ¿vale? Sé cómo son ustedes las mujeres."

Sus palabras son tan indignantes, que ni siquiera lo puedo tomar con seriedad.

Me inclino un poco, mirando más allá de Rich, y encuentro a Jameson aún mirando. Él me ve mirarlo, y levanta sus cejas.

Me recuesto, avergonzada de que me atrapara así de fácil.

El camarero trae nuestras bebidas y toma nuestros pedidos. Yo pruebo la bebida que puso ante mí, pero de inmediato quedo abrumada por el sabor del tequila.

"Ugh," digo, apartando la bebida.

Rich sólo se encoge de hombros y bebe el suyo de un trago, y luego toma el mío. "¿No te molesta que lo haga?"

Rich procede a emborracharse demasiado rápido.

También se pone más agresivo y más abusador con cada trago.

"Lo que te digo es, básicamente, que si una mujer no me chupa el pene, ¿para qué tenerla conmigo?" dice Rich, bebiendo su sexta copa. "Lo entiendes, ¿no?"

Hasta este punto, siento tanto repudio por él que ni siquiera hace gracia. ¿Tener a este sujeto privilegiado que huele como los peores calcetines de gimnasio diciéndome cómo espera recibir sexo oral de las chicas que ve? Ni siquiera sé lo que hace en su día a día. Solo sé que le gusta arreglar todo con dinero.

Empujo mi silla, levantándome. "Creo que podemos terminar la cita aquí. Pienso que está claro que no tenemos nada en común."

"¿Qué? No, venga," dice, levantándose con torpeza. "La comida no ha llegado siquiera. Déjame conseguir un camarero."

Él se da la vuelta para buscar a alguien, pero sólo le doy una firme sonrisa. "No creo que necesitemos la comida para ser capaces de reconocer que no somos adecuados. Me voy."

Me aparto de la mesa, acomodando mi silla en su sitio. Planeo irme con algo de dignidad, y bloquear el número de Rich en mi celular tan pronto llegue mi Uber.

"No," dice Rich, con su voz hecha un gruñido.

Me doy la vuelta y me apresuro entre las filas de mesas, dirigiéndome hacia la puerta del restaurante.

"¡Será mejor que te detengas!" grita Rich, con sus pasos indicando que me está pisando los talones.

Él me atrapa justo afuera de la puerta, sujetando mis brazos y lanzándome contra el duro estuco del edificio. Él está sudando. Cuando habla, sus palabras están moteadas con espuma.

"¿A dónde *carajos* crees que vas?"

Él me lanza contra el edificio lo bastante fuerte para

hacer que mi cabeza golpee contra la pared. Yo jadeo, viendo estrellas.

"Nadie me deja, y mucho menos una chica rica dañada como tú. Tu padre tuvo que rogarme que incluso te llevara a salir, *zorra*." Él me lanza contra el muro de nuevo.

Desde el rabillo de mi ojo, veo la puerta abrir. Jameson sale, echa un vistazo a lo que sucede, y pierde la compostura totalmente.

"¡Apártate de ella!" aúlla Jameson, embistiendo a Rich por un costado. "Hijo de perra—"

"¡Púdrete!" dice Rich, lanzándose sobre él. Tira de Jameson y trata de golpearlo. Sólo logra darle un golpe, pero es uno muy bueno, lastimando la nariz de Jameson.

Jameson empieza a sangrar mucho. Pero eso solo lo hizo enojar más.

"Acabaré contigo," promete Jameson, con algo desencadenado en él.

Él se lanza sobre Rich, con sus puños golpeando el rostro con una serie de impactos ahogados. Los dos hombres están atrapados juntos, gruñendo y maldiciendo. Rich lucha por contraatacar.

"¡Jameson, no!" grito, indefensa. La gente empieza a reunirse fuera del restaurante, y Forest intenta interponerse entre ellos. Sin embargo, falla.

Cruzando la calle, una patrulla de policía cruza la esquina, ve la gente reunida alrededor de la lucha, y enciende sus luces. Forest se acerca a mí, sujetándome y colocándose entre la multitud y yo. En unos segundos, los policías estaban saliendo del carro, apartando a Jameson de Rich.

"¡Oficial, espere, no fue su culpa!" le grito cuando uno de los policías levanta a Jameson del suelo y lo lanza contra la patrulla. El otro oficial hace lo mismo con Rich.

De repente me doy cuenta de que estoy llorando, y me siento profundamente apenada.

"Señorita, por favor apártese," me dice el oficial. "Todos ustedes retrocedan, ahora."

Forest me aparta, mirando cada movimiento de los policías como un halcón. "Está bien," me murmura, pero puedo darme cuenta de que no habla en serio.

"Por favor, no—" intento intervenir de nuevo, pero los policías ya habían esposado y revisado a ambos hombres. Forest me envuelve en sus brazos y me aparta unos metros.

Jameson hace contacto visual conmigo, y yo me disuelvo en un manojo de lágrimas en los brazos de Forest. Mientras Jameson es puesto en el asiento trasero de la patrulla, yo me volteo en los brazos de Forest, llorando en su cuello.

JAMESON

Estoy acostado en un catre de una celda de la prisión en la que me encerraron los policías, y los muros son sólo bloques color ceniza. He estado aquí por seis horas, lo bastante para que los policías me tengan registrado en el sistema. Mis dedos siguen negros con la tinta ahora seca.

Sin embargo, no había estado aquí el tiempo suficiente como para llevar otra cosa que mi franela manchada en sangre y mis jeans. Toco mi cara en reflejo, pensando en la fuente de la mayoría de la sangre.

Mi nariz está hinchada, y sensible al tacto. Trato de ignorarlo. No es difícil, porque sigo recordando en mi mente lo que pasó.

Abro la puerta del restaurante. Miro a mi derecha, y ahí estaba la linda y pequeña Emma, siendo lanzada contra el edificio por ese imbécil.

Luego pierdo el control.

Lo rebobino en mi cabeza una y otra vez, buscando una cosa en particular. La mirada aterrada en los ojos de Emma, la forma en que él tenía sus manos en sus brazos, sus dedos hundiéndose en su piel...

Nadie toca a Emma así, nunca. Yo me molestaría que lastimaran así a cualquier mujer frente a mí, pero ese estúpido idiota la tocó. A una chica cuya una parte de mí sigue pensando en ella como *mía*.

No me sorprende que haya visto rojo.

No me cabía duda, antes o ahora, que hice lo correcto. Tan pronto llegaron los policías, me quedé callado, rehusándome a decir nada. Había escuchado historias sobre gente que hablan sin un abogado presente, y a ellos no les va bien. Así que pedí un abogado tan pronto me arrestaron, y la policía no me ha presionado aún por eso.

Estaría perdido si termino en la corte por defender a una mujer de un abusador. Así que he estado tomando mi tiempo, tratando de no pensar mucho en el hecho de que estoy atrapado en esta habitación de ladrillos sin ninguna vista al mundo exterior.

Ajusto la delgada almohada que hay bajo mi cabeza. Sin teléfono y nada más para distraerme, me quedo pensando en Emma. Repitiendo toda la noche, una y otra vez, casi como meditando.

Verla entrar al restaurante con ese niño ridículo. Sentir mi pecho apretarse cada vez que ella se inclinaba y me miraba por encima de la cabeza de Forest. Ver cómo ella salía del restaurante.

Salir por la puerta y encontrarla acorralada contra el muro, indefensa y asustada.

Si pudiera regresar en el tiempo y hacerlo otra vez, lo haría de la misma manera. Aunque termine aquí, preferiría estar aquí y saber que mi chica está a salvo.

Mi chica. Mi boca se retuerce con eso. Todo lo que puedo decir ahora es que maldito Asher por hacer esa estúpida regla, y maldito yo también por seguirla.

"¡Jameson Hart!" gritó un guardia afuera de mi celda. Yo me siento, estirándome. La puerta se desbloquea, y el guardia la abre de golpe, mirando dentro. "Eres libre. Vamos."

Sin nadie para cuestionar que me dieran mi libertad, me levanto. Sigo al guardia por un laberinto de pasillos, deteniéndome en una ventana para tomar mis zapatos, mi teléfono, y mi billetera.

"¿Me están acusando de algo?" pregunto al guardia mientras me pongo mis zapatos.

"No. ¿Richard Spencer, el sujeto que golpeaste? Él básicamente no dejó de hablar desde que llegó aquí. Admitió lanzar el primer golpe, y de asaltar a la chica con la que estaba. Maldito idiota. Qué bueno que le diste lo que pedía."

El guardia voltea sus ojos y menea su cabeza.

Yo sólo asiento, suponiendo que me quedaré con el plan de no hablar con los policías, sin importar las circunstancias. Les toma unos minutos más hacer todo el papeleo de mi liberación. Yo me mantengo callado y firmo donde ellos me indican.

Lo siguiente que sé es que estoy saliendo hacia el húmedo aire nocturno. Miro alrededor del indescriptible estacionamiento al que salí, revisando mi teléfono. Tenía un montón de mensajes y llamadas perdidas de Forest y Asher, diciéndome que los llamara cuando saliera.

No tengo ánimos de llamarlos para el aventón, honestamente. Sólo quiero tomar una ducha y acostarme en mi propia cama. Abro la app de Uber para buscar un transporte a casa.

"¿Jameson?"

Levanto la mirada para encontrar a Emma acercándose hacia mí después de salir de un extraño Range Rover negro, mirándome realmente cansada. Ella tiene que caminar una buena distancia desde su carro hasta a donde yo estoy; así que empiezo a caminar hacia ella, algo sorprendido de que esté aquí.

Ella se fue a su casa y se cambió, obviamente, porque lleva puesto una franela negra y una pequeña falda de jean. Pero su cabello está hecho un desastre, y lleva unas zapatillas de conejo esponjosas en sus pies.

Nunca se había visto tan bien para mí como está ahora, corriendo hacia mí en el estacionamiento.

"Hey—" empiezo a saludarla. Luego gruño cuando ella me embiste, abrazándome tan fuerte en el torso que me retuerzo.

Me quedo ahí por un segundo, impactado. De todas las reacciones que esperaba, esta no era una de ellas. Envuelvo mis brazos alrededor de ella, disfrutando sentirla cerca.

Emma me mira, con lágrimas en sus ojos. "Gracias por venir a protegerme, Jameson. Lamento mucho que te arrestaran por mi culpa."

Ella me abraza de nuevo, deslizando sus brazos alrededor de mi cuello y hundiendo su rostro en él. No puedo resistir las ganas de inclinarme y oler su cabello, inhalando profundamente su aroma femenino.

"No fue tu culpa," le murmuro en el oído, acariciando su cabeza. "No hiciste nada malo."

Ella no me mira esta vez. "Salí en una cita con él, ¿no?"

"Tú no tenías cómo saber que terminaría así." Yo gentilmente la aparto unos centímetros, aunque no quisiera soltarla. Su rostro lleno de lágrimas rompe mi corazón. "No puedo soportar verte llorar."

Sus ojos esmeralda son grandes e hipnotizantes, con su dulce rostro en forma de corazón. Acaricio su rostro con una mano, apartando un mechón de su cabello rebelde. Sus labios se ven tan delicados y provocativos, y se abren un poco cuando mis ojos bajan a verlos.

No sé si yo me moví primero o ella, pero los dos nos acercamos. Mis labios encontraron los de ella, dudando al principio. Pero una vez que pruebo su sabor en mi boca, y su aroma en mi nariz, me pierdo por completo.

Luego no hay nada gentil en la forma en que la agarro, presionándola contra mí. Estoy duro por ella, imaginando la dulce satisfacción que estoy por encontrar en medio de sus piernas. Mi lengua busca la de ella y ella abre su boca para mí, invitándome a entrar.

Emma hace este sonido, como un maullido, pero más gutural. El sonido hace que se erice la piel mi nuca y que todo mi cuerpo tiemble por un segundo. Llevo su cuerpo contra el mío, rozando sus senos contra mi pecho. Ella gime y enrolla sus piernas alrededor de mi torso.

Maldita sea, ella se siente tan bien. Mejor que en mi imaginación. La cargo hacia su carro, tratando de averiguar cómo llevarla a mi casa. Parece imposible bajarla y manejar calmado hacia otro lugar, pero tampoco puedo tener sexo con ella aquí, en el estacionamiento de la comisaría.

Ella empieza a besar mi nuca, chupando fuertemente mi lóbulo. Mis ojos se voltean hacia atrás por un momento y me tambaleo. Emma parece ignorar totalmente en donde nos encontramos.

Quizás ella es totalmente ajena a mi proceso mental sobre cómo follarla lo más rápido posible. Pero cuando llego a su carro, presionándola contra la puerta del conductor, ella me mira. Sus ojos están llenos de la misma lujuria impaciente que yo.

"Tómame aquí y ahora," me ordena, con una voz baja y gutural. "Te necesito, Jameson."

La lujuria llena mis venas como plomo. Sus palabras son el bálsamo que he anhelado por tanto tiempo; se siente como si hubieran sido eones, en lugar de semanas, desde la última vez que había estado dentro de ella.

Aún así, meneo mi cabeza. "No. No aquí."

"Sí," me susurra al oído. Ella toma mi mano, llevándola

por su cuerpo, hasta que toco el frente de sus panties. Están húmedas, mojadas con su necesidad. Sus palabras se vuelven plegarias. "Ahora. En el carro. Te necesito en mí ya."

Al mismo tiempo, ella pasa su mano entre nosotros, sintiendo el delineado de mi pene a través de mis pantalones.

Maldición. Es difícil pensar, difícil hablar. En especial cuando ella me suplica dulcemente que la folle.

Emma saca las llaves del Range Rover y abre la puerta. Baja sus pies y se mueve un poco para intentar tirar de la manilla de la puerta.

"Umm," murmuro, con mis ojos ardiendo entre los de ella. Doy un paso atrás, dejándola mirarme con una nota de sorpresa en su rostro. Ella piensa que estoy rechazando el sexo, lo cual es casi gracioso. "Si lo necesitas tanto como dices, pon tu trasero atrás y baja los asientos. Necesito espacio para lo mío."

Sus ojos se abrieron un poco, pero ella se apresuró hacia la parte trasera del carro, abriendo la puerta. No le di ni tiempo ni espacio. Estaba sobre sus talones, mirándola mientras bajaba los asientos.

Tan pronto reclina el asiento trasero, le doy un pequeño empujón. "Entra," le ordeno.

Siento un inmenso placer con sólo ver sus fantásticas piernas y trasero mientras se acomoda en la parte trasera del Range Rover. Me monto por detrás, cerrando la puerta detrás de mí.

Sigue siendo algo apretado, considerando que mido casi dos metros de alto. Pero cuando ella se da la vuelta, mordiendo su labio y mirándome, de repente siento la misma urgencia que sentí antes.

Y cuando Emma empieza a desvestirse, levantando su franela por encima de su cabeza, esa urgencia me supera. Me quito mi camisa también, acostándome.

"Quítate las panties," le gruño. "Quiero que me montes, justo ahora."

Ella me mira con esos ojos grandes e inocentes y empieza a desabrocharse la falda.

"No. Déjala," le digo. "Sólo quítate las panties. No me hagas repetírtelo."

Desabrocho mis pantalones mientras ella desliza sus panties por sus piernas, apartándolas junto con sus zapatos. Yo paso mis pulgares por la banda de mis boxers, bajándolos junto con mis pantalones hasta la mitad de mis piernas.

Mi pene sale volando, largo y grueso, con la punta ya húmeda de fluido preseminal. La mano de Emma está en mi pene de inmediato, con su puño cerrándose alrededor.

Mierda, se siente tan bien.

Ha pasado tanto tiempo desde que sentí su pequeño puño agarrando mi pene, que cierro mis ojos cuando ella me toca. Ella me da unas cuantas caricias experimentales, probando las aguas. Pero cuando veo su cabeza bajar hasta mi pene, tuve que detenerla.

"No, no ahora," le digo, llevando su cabeza hasta la mía. "No quiero descargarme en tu boca. Quiero tu vagina, y la quiero ahora."

Ella me monta, respirando un poco más rápido. Bajo su cabeza y la beso, mientras levanto mis caderas. Mi pene toca su cálida entrepierna. Cierro mis ojos por un breve instante, distrayéndome con los nombres de marcas de ginebra.

Genever, Bombay, Tanqueray, Beefeater, Citadelle, Aviation, Hendrick's, Seagrams...

Abro los ojos, dándome cuenta de que debí masturbarme en los últimos días. O quizás haber estado con una chica menos atractiva que Emma, quien ya es una bomba.

La beso, presionando su trasero hacia abajo para separar sus rodillas.

"Tendrás que montarme lento," le advierto. "Estoy tan loco por ti ahora, que apenas puedo ver bien."

Ella me da una sonrisa torcida. "¿Está bien?"

Yo sólo gruño, presionándola otra vez. Uso mi mano libre para mantener mi pene hacia arriba, resoplando cuando la rígida punta toca los labios de su vagina. Están goteando por la humedad.

Parece que Emma ha estado esperándome.

Ella se hunde en mi pene, con una expresión de fascinación. Tengo que cerrar mis ojos y enlistar marcas de whiskey mientras ella se estira para tomarme por completo.

"¡Maldición!" murmuro. "Dios, estás muy apretada, nena. Tan húmeda. Tan perfecta."

Cuando finalmente toma todo mi pene, yo la traigo para un largo y lento beso.

"¿Estás listo?" pregunta, ya sin aliento.

Respondiendo a su pregunta, muevo mis caderas hacia arriba. Ella grita, pero no se detiene. No, ella sigue, con sus acciones tornándose más salvajes. Su vagina agarra mi pene mientras me monta.

Bajo mi mano entre nuestros cuerpos, rozando su clítoris. Voy a asegurarme de que ella acabe cuando yo lo haga… y eso será muy pronto.

"Oh por Dios," dice, inclinándose hacia adelante. "Oh por dios, ahí…"

Puedo sentir cómo se tensa y aprieta, acercándose al límite.

"Diablos. Así. Amo la forma en que me montas, hmm. La forma en que tu dulce vagina agarra mi pene tan fuerte—"

Esas pequeñas y traviesas palabras son suficientes para ponerla al límite. Ella grita, con su vagina dando espasmos salvajemente, y sus uñas rasgando la carne de mi pecho.

Yo me libero, bombeando dentro de ella sin contemplación. Puedo sentir el orgasmo antes de que impacte, bien abajo en mis testículos. Éstos se tensan y yo lanzo hacia arriba una y otra vez, con su pequeña y ambiciosa vagina ordeñando mi pene gota a gota.

Yo bajo el ritmo, luego me detengo, tratando de recuperar el aliento. Ella se acuesta sobre mi pecho, jadeando rápidamente, cubierta en una capa de sudor. No sólo de ella, el mío también.

Cierro mis ojos y la abrazo fuertemente, disfrutando el aroma almizcleño saliendo de nosotros, y el momento de cercanía.

No me basta, sólo estar con ella. No es ni remotamente suficiente.

Pero tomaré lo que pueda, por ahora.

14

EMMA

Más tarde, Jameson maneja mi Range Rover hacia mi casa. Él no deja de tocarme en todo el camino, con su mano derecha viajando desde mi rodilla expuesta hasta mi muslo y de vuelta. Yo me recuesto al contacto, con mi brazo entrelazado con el suyo. Acaricio sus musculosos bíceps a través de su franela, tomándome mi tiempo hasta poderlo ver desnudo de nuevo.

Él me mira más de lo que debería mientras conduce, con sus penetrantes ojos. Y sigue acariciando mi rodilla y mi muslo, con sus dedos rozando con desdén toda mi piel. Es como si él hubiera estado tan ansioso por tocarme que no se pudiera contener; al menos, así es como me siento.

No hay palabras entre nosotros mientras conduce. No hay preguntas sobre lo que estamos haciendo, ni negaciones furiosas de nuestros sentimientos. Nada de eso.

Asumo que él siente lo mismo que yo. No estoy cien por ciento segura, pero espero que él también se pregunte por qué nunca estuvimos juntos.

Quizás luego hablaremos de eso. Pero no ahora.

Cuando llegamos a mi casa, él estaba tan ansioso por

entrar como yo. Nos besamos y nos abrazamos en el pórtico mientras busco mi llave. Pongo la llave en la cerradura, y él pasa su lengua por el pabellón de mi oído.

"Alguien nos verá," le advierto, jadeando mientras él acerca sus manos para acoplarse en mis senos.

"¿Y?"

Giro la llave y abro la puerta, con un escalofrío cruzando mi espalda por su respuesta. ¿En serio es tan despreocupado por eso ahora?

Me trago la pregunta, porque ahora no es el momento para todo eso. Habrá infinitos momentos para discutirlo luego. Me volteo en sus brazos, besándolo. Él me agarra y me levanta, llevándome dentro.

Chillo un poco mientras él cierra la puerta de golpe. Me lleva directo a mi habitación, lanzándose sobre la cama encima de mí. Nos tomamos nuestro tiempo, besando y explorando. Él baja y me hace acabar tres veces antes de estar listo para el sexo.

Y sorprendentemente, Jameson me hace acabar de nuevo mientras está dentro de mí. Cuando terminamos, ambos acostados y agotados, él me besa tan lento y meticulosamente que mis ojos se nublan.

Hundo mi cabeza contra su cuello para esconder mis lágrimas, pero él se da cuenta de inmediato.

"Oye," dice Jameson suavemente. Levanta mi quijada con sus gentiles dedos. "Estás llorando de nuevo."

"Lo sé," resoplo, avergonzada. "Perdón, sólo es algo… incontenible."

"No hay nada de qué disculpar." Aprieta su brazo alrededor de mis hombros, abrazándome un poco más fuerte.

Un minuto de silencio pasa entre nosotros. Me pregunto por dónde debería empezar para mencionar el tema del gran cambio que hemos hecho en nuestra relación. Mientras lo pienso, Jameson habla.

"Debería ser yo quien se disculpe," dice tras un minuto. "Por romper contigo, para empezar. Pero también por ser un completo idiota al hacerlo."

Me levanto, colocando mi barbilla en mi mano. "Creo que ambos sufrimos por igual."

Él frunce el ceño. "No debimos. Debimos habernos fugado juntos y no mirar atrás."

Me muerdo el labio, mirando a otro lado. "Pero si no te preocuparas por Asher, no serías tú."

"Tú eres jodidamente permisiva." Él entrelaza sus dedos con los míos, lo cual sólo sirve para recordarme cuán grande es comparado conmigo. "Tu hermano probablemente no sería tan amable."

Levanto mis cejas. "¿Asher? No, quizás no. Aunque él ha tenido la cabeza en sus asuntos últimamente. Probablemente no tenga siquiera idea de que estamos... como..."

Dudo un segundo. Jameson me besa el cuello, y estoy lo suficientemente feliz como para dejar el tema de conversación de lado. Cierro mis ojos mientras él chupa y muerde mi cuello por un segundo.

"¿Qué hizo mi hermano para que le fueras tan... mmm... devoto?" le pregunto.

Los besos cesan mientras Jameson se detiene por un segundo. "¿A qué te refieres?"

"Digo... no sé. Imagino que debió haberte ayudado a enterrar un cuerpo, o algo, por la forma en que te preocupa lo que piense."

Sus cejas se arrugan mientras piensa en mis palabras. "Asher no se ganó mi lealtad haciendo un sólo favor. Hizo montones de ellos, desde el día en que mi abuela murió hasta que Gunnar salió de la universidad. Creo... creo que quizás te perdiste algunas de las cosas más difíciles, como cuando estaba tratando de escoger entre alimentar a mis hermanos o pagar la renta. Y eso fue así por *años*. En ese entonces, pensaba a diario 'éste será el día en que este ricachón se lavará las manos de nosotros.' Pero nunca lo hizo."

Me muerdo el labio. "No tenía idea de que te sintieras así, Jameson."

"¿Sabías que Asher me ayudó a conseguir mi primer trabajo como bartender? ¿O un apartamento, antes de tener el crédito? ¿Qué tal de la vez que nos metió en la casa de huéspedes para que pudiera ahorrar algo de dinero? Él literalmente nos salvó de morir de hambre tres veces al año por casi diez años. Y eso es sólo las cosas en las que puedo calcular en dólares… eso no incluye los años y años de escuchar todas las idioteces que encontraba injustas."

Meneo mi cabeza. "No, no sabía nada de eso. ¿Supongo que aún te sientes que le debes?

El suelta el aliento. "Sí. Digo… ¿cómo empiezas a pagar eso? No puedes, no en realidad. Todo lo que puedes hacer es—"

"Lo que has estado haciendo," termino yo, asintiendo. "Sólo estar ahí, y ser un buen amigo. Yo entiendo muy bien esa parte, aunque no necesariamente esté de acuerdo con eso."

Él cierra sus ojos por un minuto, alisando su corto cabello oscuro. "¿Qué más se supone que haga? ¿Cómo podría pagarle lo que le debo?"

Yo arrugo los labios. "¿Le has contado a Asher de eso?"

Él sólo menea su cabeza en silencio.

"¿Alguna vez pensaste en que él podría no sentir que le debes todo eso? Él podría pensar que te dio esas cosas porque tenía para dar." Me detengo a pensar. "También está la posibilidad de que él habría aprovechado una parte del trato. Recuerdo que ustedes fueron atrapados juntos peleando en el patio de juegos varias veces. Estoy segura que el flacucho de Asher nunca fue la principal fuerza de ataque en la mayoría de ellas."

Él sonríe vagamente por eso, abriendo sus oscuros ojos. "Debiste ver lo extraño que era en la secundaria. Hablar con las chicas era un verdadero problema para él."

"¿Y cómo lo superó? Apuesto a que tuviste algo que ver."

"Quizás." Él baja un hombro. "Aún así, no se puede comparar."

Suspiro, dejando el tema de lado. Me paso la mano por la cara, pensando.

"¿Puedo preguntarte algo raro?"

Él me mira de lado. "Claro."

"¿Cuándo fue la primera vez que me viste y pensaste que era atractiva?" Me sonrojo al decirlo.

Jameson me aparta de su pecho y se da la vuelta para acostarse de lado. "Esa es una pregunta difícil."

"No quería que lo fuera. Sólo siento curiosidad sobre cuándo me empezaste a tomar en cuenta. Admitiré que he tenido pensamientos sucios sobre ti a los doce o trece, probablemente."

Sus cejas se levantaron. "¿En serio?"

"Sí. Sé que apenas nos veíamos, pero fuiste un elemento importante en mi vida por mucho tiempo." Y espero que lo siga siendo a lo largo de mi vida y más allá... pero no lo diré.

Él se mantiene pensativo. "Bueno... probablemente te sorprendas, pero realmente te empecé a ver en el tiempo en que abrimos el Cure. Tú no solías estar muy cerca de mí entonces, no a diario al menos."

"¿Qué? Yo realmente me sentía viva cuando sabía que iba a verte."

Él se encoge de hombros. "Lo siento. Estaba envuelto en mis propias cosas. Por si no lo sabías, estaba pasando por muchas cosas en ese momento."

"Ah, ¿te refieres a que asegurarte de que tus hermanos entraran a la universidad con becas no era una actividad sin sentido para ti?" lo molesto.

"¡Ja! No. En especial Gunnar. Juro que pensé que él sería mi ruina personal."

"Hmm," le digo. "Aún no respondes mi pregunta original. ¿Cuándo fue la primera vez que me viste y pensaste que era siquiera vagamente atractiva?"

Él suelta un suspiro. "Probablemente cuando tenías diecisiete."

Mis ojos se ensanchan. "¿Diecisiete?"

"Sí. Recuerdo que solías llevar ese overol de jean con un top sin tiras… que quedó grabado en mi memoria para siempre, aunque probablemente arda en el infierno por eso."

Le sonrío. "¡Lo sabía! A decir verdad, llevaba esos pequeños shorts para tu beneficio."

Jameson sonríe. "¿De verdad?"

"Sí, completamente. Estaba esperando que tú, pues… te dieras cuenta y le dieras la vuelta a mi mundo. Tuve una vida de familia muy rica cuando era adolescente, como te podrás imaginar."

Él se inclina y me besa en los labios, con tal lentitud. "Definitivamente me alegra no haber sabido eso antes. Tú eras menor, eso era seguro."

Le sonrío. "¿Estás diciendo que no irías a prisión por mí?"

"No, todo lo contrario. Hubiera ido, sin pensarlo." Él mueve mi rostro con su nariz hacia un lado, haciendo cosquillas en mi cuello con su vello facial.

"Habrías sido una sensual ave enjaulada," le digo con una risita. Él me acerca hacia él y me domina, lo cual encuentro emocionante.

Él continúa besándome bajando desde mi cuello hasta mi clavícula. "Quizás deberías decirme sobre tus fantasías de adolescente. Tú sabes, de esa forma puedo asegurarme de que realmente estés feliz conmigo."

"¿Ah, sí?" le pregunto, con mi pulso empezando a acelerar.

Hay un extraño brillo en sus ojos. "Definitivamente. Quiero asegurarme de que estás lo más contenta conmigo posible. Sabes lo que dicen: Chica feliz, mundo feliz."

Sus besos siguen bajando hasta mis senos, encontrando mis pezones ya erectos. Él cubre una suave aureola rosada con su boca, sellando sus labios sobre ella y chupando fuertemente.

Cálidos relámpagos blancos cruzan por todo mi cuerpo. Yo jadeo, arqueando mi espalda. "Eres muy malo," le susurro.

Él suelta mi seno y me da una enorme sonrisa. "Hago lo que puedo."

Luego Jameson empieza a besarme todo el tramo hacia abajo, y nos perdemos cada uno de nuevo por horas y horas.

15

JAMESON

Después de pasar veinticuatro horas agotándonos, apenas saliendo de la habitación de Emma, todavía estoy hambriento por ella. Por su toque, sí. Y su cuerpo.

Pero también por su risa, por su forma de contar historias emocionada. Su honestidad. El hecho de que me acepta, con fallos y todo.

Así que hago lo que nunca he hecho en toda mi vida adulta... llamar al trabajo diciendo que estoy enfermo. Llamo a Forest y le digo que no podré bajar al Cure por los próximos dos días. No digo que estoy enfermo, sólo que no podré ir.

Creo que él está algo sorprendido por mi anuncio, pero Forest sólo dice okey. Cuando cuelgo el teléfono, miro a Emma y pienso, *necesitamos ir a algún lado*. No a algún lugar lejano. Y no por mucho tiempo.

Sólo siento la necesidad de ir a algún otro lado con Emma. A algún lugar tan salvaje y hermoso como ella, algún lugar fuera de la ciudad.

El Parque Estatal de Forsythe aparece en mi cabeza. Es

un estrecho ininterrumpido de costa salvaje a unas cuantas horas de aquí. No he estado allí desde que era un niño. Puedo imaginar a Emma cruzando los riscos en la costa, verla caminar entre los pinos. En mi mente ella lleva una camisa a cuadros y unos mini shorts.

Sí, tengo que llevarla sea como sea.

"¿Quieres salir por un par de días?" le pregunto. "Digo, hoy. Pensaba que podríamos ir a Forsythe."

Ella levanta la mirada y me da una pícara sonrisa. "¿Ir a unas mini-vacaciones contigo? Creo que puedo hacer eso."

Saco mi antigua portátil y empiezo a buscar una cabaña para quedarnos. Algún lugar con una buena chimenea, para terminar un largo día de mirar el maravilloso trasero de Emma quitándole la ropa frente al fuego.

"Comienza a empacar," le digo, levantándome para sacar la tarjeta de crédito de mi billetera. "Estoy reservando la cabaña justo ahora."

Ella se levanta y saca un par de franelas y ropa interior, y empieza a empacar. Reservo un lugar por Air Bnb, le doy un beso a Emma y le digo que vuelvo en un rato.

Es cuestión de media hora correr a mi casa y tomar todo lo que necesito. Una hora después, Emma está en el Jeep conmigo, mientras nos dirigimos por la autopista hacia el Parque Estatal de Forsythe.

No hicimos nada más que hablar y tener sexo el último día, así que es bueno sentir el aire mientras conduzco. No es exactamente silencioso, pero los dos fuimos capaces de quedarnos callados. Vivir en nuestros propios pensamientos.

Ella abre un libro y lee la mayor parte del viaje. Yo estoy ocupado observando el paisaje cuando salimos de la ciudad. El camino empieza a elevarse poco a poco, y manejamos entre los peñascos rocosos.

Echo un vistazo a Emma mientras conduzco. Ella está

metida en su libro, mordiendo una uña distraída mientras pasa lentamente las páginas. El viento hace volar su cabello en todas direcciones, y aún así logra dejarme sin aliento.

Siendo honesto conmigo mismo, ella siempre lo logra. Siempre lo ha hecho.

Hay algo en ella que va más allá de su belleza... hay algo de sabiduría en sus ojos. Algo reconfortante en su sonrisa. No quiero apresurar las cosas de ninguna forma, y recién hemos vuelto a estar juntos.

Pero ella me hace sentir algo, muy dentro de mí. Ella no sólo alborota mi lujuria, también toca jodidamente bien las cuerdas de mi corazón.

Maldición, ¿cómo logró Emma llegar tan profundo bajo mi piel?

De cualquier forma, tengo vagos planes para nosotros en el futuro. No estoy seguro de cuáles son, porque mucho de eso depende de Emma en sí. Pero si logro hacerlo a mi manera, un día en el futuro no tan distante llevará puesto mi anillo y se llamará a sí misma Sra. Hart.

Habría una cierta satisfacción en saber que ella sería mía para siempre. Saber que nunca tendría que buscar a nadie más, porque tendría a Emma.

Claro, luego pienso en toda la idea de casarme en la familia de Emma — y la de Asher también. Trago saliva, y mi boca se seca. He visto a sus padres unas cuantas veces, y ninguna de ellas estuvo particularmente impresionada conmigo.

Además, está el hecho de que ella está en la escuela de leyes. Casi no tendrá tiempo para dormir y comer en los próximos dos años, mucho menos para preocuparse por el estrés de estar en el altar.

Así que sí, mi fantasía de pedirle a Emma que se case conmigo podría estar unos años fuera de lugar. Pero la idea sigue ahí, clavada en mi corazón.

Me sorprendo a mí mismo, con lo mucho que la deseo, cuando hace un mes no podía alejarme lo suficiente. Definitivamente se siente extraño tener todos estos planes para nosotros dos, eso es seguro.

Salgo de la autopista, dirigiéndome hacia una densa arboleda. Sigo el GPS de mi teléfono que me lleva a un pequeño tramo rústico. Puedo escuchar la playa desde aquí, su eterno vaivén de las olas. Pero no puedo ver nada excepto los altos pinos, acercándose más y más.

De inmediato atravesamos la fila de árboles. Estoy algo sorprendido por cómo termina el camino de repente, con el océano azul oscuro extendiéndose justo ahí, recorriendo kilómetros y kilómetros. La cabaña está a la derecha, pintoresca y rústica con sus pilares de madera oscura.

Estaciono frente a la cabaña mientras que Emma levanta la mirada de su libro.

"Hmm " es todo lo que dice, mirando sobre los peñascos hasta el océano. "Santo cielo."

Nos bajamos del Jeep, y pasamos unos minutos bajando el equipaje. La cabaña es exactamente lo que quería, con la habitación frontal hecha básicamente de un montón de ventanas a un lado y una sala de estar del otro. Hasta tiene la chimenea; definitivamente desnudaré a Emma frente a ella en la noche.

"¡Vamos!" dice Emma, tirando de mi mano. "Quiero explorar."

Ella me lleva hacia la puerta principal, y yo me dejo llevar. La sigo a través del risco, hasta el borde. Ella se aferra a mi mano mientras ambos nos asomamos.

"Hay una pequeña playa ahí abajo," dice, apuntando a la pequeña línea de costa entre los peñascos y el ondulante océano.

Miro hacia abajo, frunciendo el ceño. Justo ahora el oleaje del mar estaba subiendo gentilmente hasta los veinte metros, pero estoy seguro de que no siempre es así. "Te apuesto a que no querrías estar ahí cuando la marea cambie. Imagino que te presionaría contra las rocas.

Ella me mira. "¿Cuando cambiará la marea?"

Miro el sol, tratando de medir su posición en el cielo. "¿Diría que tal vez dentro de seis horas? tómalo o déjalo."

Ella sonríe triunfante. "¿Podemos bajar? Digo, sé que tendremos que escalar un poco, pero creo que valdrá la pena."

"Sí, definitivamente. Sólo déjame buscar unas botellas con agua antes de ir."

Regresamos a la cabaña, donde agarro las botellas con agua y ella se pone sus pantalones de yoga. No puedo molestarme por eso. Nunca la he visto en traje deportivo antes, pero de alguna forma sus pantalones de yoga que me pone duro como una roca al instante. Cuando insisto en que ella lidere el camino mientras serpenteamos nuestro camino que bordea el ascenso de los acantilados, ella está demasiado entusiasmada para quejarse.

Después de un rato, ella me descubre.

"¿Siquiera haces algo más allá atrás además de ver mi trasero?" Ella me ve por encima de su hombro, clavándome con su mirada.

Yo despego mis ojos de su trasero, sin vergüenza. "No."

Emma suspira y se detiene para caminar a mi lado. El camino se estrecha un poco, y los árboles empiezan a aparecer, haciendo el pasaje más frondoso bastante rápido.

Ella está callada por un minuto, pero puedo ver los engranajes moviéndose en su mente. "¿Puedo preguntarte algo?"

"Depende. ¿Es sobre Asher o el Cure?"

Ella pone una cara seria. "Ninguno. Es sobre tus padres."

"¿Mis padres?" pregunto, algo sorprendido. "¿Qué hay con ellos?"

"Es que nunca te he escuchado hablar de ellos. ¿Qué recuerdas?"

Me toma todo un minuto considerar la pregunta. "Bueno, ellos eran jóvenes cuando me tuvieron. Mi madre quizás tenía quince. Ella ni siquiera había llegado a los veinte cuando nació Gunnar."

"¿Ah, sí?"

Asiento. "Mi padre era algo mayor que ella, pero no por mucho. Ambos eran adictos a la heroína antes de que naciéramos." Tomo pausa. "Gunnar fue tomado por el estado cuando nació porque salió positivo en la prueba de opiáceos. No le cuentes al respecto."

"Espera, ¿en serio?"

"Sep. Mi abuela intervino y lo recibió, y luego nos recibió a los tres en los meses siguientes."

"Wow, no tenía idea. ¿Recuerdas mucho de tus padres?"

Arrugo la cara. "Más o menos. Los recuerdo discutiendo mucho. Tenían a los policías encima porque los dos se ponían muy violentos el uno con el otro. Recuerdo alegrarme cuando consiguieron su *medicina*, porque eso los calmaría por al menos un día."

Emma toma mi mano, entrelazando sus dedos con los míos. "Lo siento."

Me encojo de hombros. "Pudo haber sido peor. Al menos no nos golpearon ni a mí ni a mis hermanos."

"Entonces fuiste enviado a donde tu abuela a los... ¿qué, cinco?"

"Sí. Abuela Ruth. Ella era muy estricta, pero estaba presente cuando la necesitábamos. Yo nunca—" Me detengo, tomando aliento. No estaba realmente listo para que esta conversación se tornara pesada. "Nunca le dije cuando estaba viva lo mucho que aprecié que nos recibiera. Ella no tenía que hacerlo."

Ella aprieta mi mano. "Estoy segura que sabía."

Le doy a Emma una sonrisa firme. El camino cambia y empieza a bajar, y los árboles se comienzan a separar. El camino gira a la derecha y los árboles se desvanecen. De repente tengo el océano en frente.

Bajo mis pies, el suelo empieza a inclinarse drásticamente, llevando a unas escaleras que habían sido talladas en la roca. Bajamos juntos, llegando a la costa empedrada al fondo.

Salgo de la escalera de piedra, mirando detrás de mí con emoción.

"Acabamos de bajamos eso." Apunto al enorme acantilado de piedra. "Eso se veía imposible."

Ella desliza su brazo alrededor de mi cintura. "Hace algo de frío aquí. El agua y las rocas se ven tan oscuras. Y luego está esa línea de playa arenosa en el medio que hace un lindo contraste."

Miro a Emma, recibiendo sus enormes ojos verdes, su cabello oscuro, sus gestos faciales angelicales. Me pongo duro de nuevo, aquí y ahora, sin saber exactamente por qué.

"¿Sabes qué sería genial?" le pregunto, apartando su cabello de su oído. Mi inclino y beso su lóbulo.

Ella parece algo sorprendida, pero no es inmune a la sensación de mi lengua trazando la forma de su oído. "No, ¿qué?"

La llevo de espaldas para que quede presionada contra el alto peñasco de piedra. "Deberíamos tener sexo. Aquí y ahora."

Froto mi pene contra su vientre y le gruño en el oído. Lo que sea que hago funciona, porque ella lleva mi boca hacia la suya, suspirando mientras la beso.

"No me hagas esperar," es todo lo que dice, enrollando su brazo alrededor de mi cuello.

"Nunca," le prometo solemnemente. "Nunca tendrás que esperar de nuevo."

La beso, y el sonido de nosotros follando se diluye con el de las olas del mar.

16

EMMA

Miro mi teléfono, suspirando en silencio. Estoy almorzando con mi madre en un lugar ridículamente lujoso... Y estoy contando los minutos para que esto se acabe. Miro a los demás comensales, miro los manteles de lino pálido y a los meseros vestidos de blanco.

Desearía no estar vistiendo este apretado vestido rosa y salir por ahí con Jameson, pero finalmente tuve que abandonar su cama. Y mi madre dejó muy en claro que tenía que asistir a este almuerzo, así que aquí estoy.

Aunque eso no quiere decir que debo estar contenta por ello.

"¿Puedes creerle a esa Sarah Perkins?" Resopla mi madre, tomando un sorbo de su copa de vino blanco. "Salió por ahí e hizo públicas sus opiniones. Aunque nadie más que su marido la tomó en serio. El resto sabemos que Nancy es de... Bueno, digamos que ella no nació en cuna de palta. Y aún tiene un olorcito a pobreza asquerosa sobre ella. Es bastante evidente."

Juego con mi salmón en el plato, apenas escuchando. "Qué terrible."

"¿No te parece? Esa mujer es una bruja, estoy segura." Le hace señas a un mesero que pasaba. "Otra copa de Pinot Noirs por favor"

La mirada desaprobatoria de mi madre se posa sobre mí. "¿Vas a quedarte ahí sentada todo el día deprimiéndote?"

Me enderezo. "¿Qué debería decir?"

Ella se mueve en la silla, haciendo un gesto de calma con su mano sobre su vestido blanco. "Me gustaría saber qué pasó en tu cita con Rich."

Me sonrojé, mirando hacia abajo. "Mamá, Rich no es un chico agradable. Me empujó contra la pared. Lastimó mis brazos."

Ella entrecerró sus ojos. "No veo moretones."

"¡Eso fue hace una semana!" Coloco mi tenedor en la mesa y la servilleta sobre el plato. Casi al instante, un mesero pasa y retira mi vajilla.

Otro más le entrega a mamá una fresca copa de vino. Ella inclina su cabeza, pero mantiene la atención sobre mí.

"Creo que estás siendo un poco exagerada." Dice sorbiendo de su copa.

"¿Sobre el hecho que él estaba muy ebrio y agresivo conmigo? No lo creo."

"¡Emmaline!" dice mi madre, mirando alrededor para ver si las personas me habían oído. "Mantén baja la voz. Y realmente dudo que eso sea lo que haya pasado."

"Eso fue exactamente lo que pasó." Mantengo el tono de voz pese a estar hirviendo de ira por dentro. "Si necesitas pruebas, puedes encontrarlas en el expediente policial. De hecho, él lo admitió."

Mi madre entorna sus ojos. "Espero que no haya sido a causa tuya."

Sé que mi mamá es una perra fría a veces pero, honestamente, no puedo creerle en este momento. "La policía lo detuvo. Si ellos están presentando cargos, no tiene que ver conmigo. Yo fui la víctima."

Enrollo mis brazos defensivamente alrededor de mi torso, lanzándole una mirada dura a mi mamá.

Ella suspira. "Está bien, está bien. Pero, sólo porque tuviste una mala experiencia con Rich no significa que dejes de salir con él. De otra manera, tendrás treinta antes de que te des cuenta, sola y amargada."

Mi quijada cayó al suelo. "¡No puedo creer lo que estás diciendo!"

"Ni yo, francamente." Se reclina nuevamente en la silla y agita su vino. "Sólo estoy tratando de guiarte hacia un marido. Uno pensaría que serías más agradecida."

Aprieto mis dientes. "A decir verdad, estoy saliendo con alguien."

"¿Ah?" Se sorprende. "¿Quién?"

"Alguien que no forma parte de tu raro y pequeño grupo de hijos de tus compinches. Alguien que no se caerá muerto de la borrachera en una de tus fiestas, de hecho."

La expresión en el rostro de mi madre se endurece.

"¿Así que simplemente vas a tirar tu vida al carajo y casarte con un don nadie? No, No lo creo." Toma su cartera y saca su teléfono. "Haré algunas llamadas por tu bien. Evelyn Becker justo estaba diciendo que su hijo estaba listo para sentar cabeza..."

"Mamá—" Frunzo el ceño mientras ella sigue mirando su teléfono. Me levanto y tapo la pantalla del aparato con mi mano. "¡Mamá! ¡Detente! Por Dios."

Ella me mira, ofendida. "Emmaline, cariño, sólo estoy tratando de que no termines sola. Es deber de una madre ver que su hija está bien cuidada."

Suelto un soplido de exasperación. "Acabo de decirte que estoy saliendo con alguien. No estoy sola. Y si lo estuviera, no necesito que me juntes con nadie nunca más. La mayoría de los hijos de tus amigos son unos patanes, por si no te has dado cuenta."

"Oh, no me había dado cuenta..."

"Bueno, yo sí" dije, retornando a mi silla. "Estoy segura que hay excepciones, pero realmente no quiero descubrirlo por mi cuenta. Soy perfectamente feliz."

Mi madre arquea una ceja. "¿Cuál es el nombre de este hombre que supuestamente está seduciéndote? ¿Qué hace?"

Muerdo mi labio, bajando la mirada. "Aún es muy reciente. No me siento cómoda ventilando todos sus detalles personales aún."

Ella sorbe un poco de su vino. "Parece que te inventaste a alguien para salir del paso conmigo."

"Él es real, te lo aseguro."

"¿Y crees que él será capaz de mantenerte cuando te gradúes?"

Hago una pausa, confundida. "¿Qué? Yo seré capaz de trabajar. ¿Por qué no haría eso?"

Mamá me mira como si yo fuese estúpida. "Te embarazarás, asumo yo. No tendrás tiempo para un *trabajo*, Emmaline."

Quiero protestar. Incluso abro mi boca pero nada sale de ella. No dudo de su sinceridad... Es sólo que mamá vive en un mundo tan diferente al mío.

"Madre," digo sin siquiera saber por dónde empezar. "Primero que todo, no voy a salir embarazada mágicamente, a menos que lo quiera. Gracias a Dios por los métodos anticonceptivos. Segundo, asumo que preferirías que me casara primero..."

"No hay ni que decirlo."

"Correcto. Tercero, planeo encontrar un trabajo y mantenerlo, sin importar el hecho de estar o no embarazada. Las personas lo hacen todo el tiempo."

Su boca se arruga en una expresión amarga. "Piensas

que puedes hacerlo todo, pero no puedes. En especial, justo después de tener un bebé."

Siento un poco de pena por ella. "No lo creo. Pienso que los hombres deberían tener un rol activo en el proceso de crianza de los niños."

"¡Oh, en serio, Emmaline!" dice ella, exasperada. "Esas son desfachateces. Si tu padre te escuchara decir eso te mandaría directo a un centro de rehabilitación."

"Entonces tendría que declararme mentalmente incompetente, porque yo no iría por ningún motivo para allá. Y lo que estás diciendo es ¿no estamos de acuerdo sobre quién criaría a mi hijo hipotético? Ese no sería un argumento que Papi llevaría a la corte."

Me levanté, tomando mi cartera. Tengo cuidado de alisar las arrugas de mi vestido.

"Emmaline..."

"Tengo que irme, madre. Debo estar en otra parte. Gracias por el almuerzo." Me doy vuelta y salgo de la sala de comensales. Espero verme tranquila y serena, pero por dentro estoy tan furiosa que estoy temblando.

Salgo del restaurante, inhalando profundamente el aire fresco. Usualmente hago un mejor trabajo calmando mis rabias, pero hoy mi mamá realmente logró sacarme de mis casillas.

Una vez recompuesta, conduzco a casa en mi cupé. La Range Rover que tuve por unos días estuvo genial, pero era de alquiler mientras mi carro salía de mantenimiento. Voy de un carril a otro en mi pequeño carro, conduciendo despreocupadamente a casa.

Trato de no darle vueltas a las cosas horribles que mamá dijo, realmente lo intento. Respiro profundamente, cuento hasta cincuenta, hago todo ese asunto de relajación que un terapeuta me recomendó una vez cuando estaba lidiando con mi familia. Aunque esto no calma el dolor.

Cuando llego a casa, todavía estoy tan ensimismada que casi sigo de largo sin prestarles atención a Evie y a Maia. Deshice mis pasos, entrando a la cocina, encontrándolas sentadas en la mesa, una frente a otra. Cada una con una taza de té.

Aparentemente, Evie tiene una técnica cuando tranquiliza a una chica.

Maia limpia una lágrima, desviando su mirada de mí. Evie me mira con una expresión totalmente en blanco.

"¿Qué ocurre?" pregunto con curiosidad.

"Sólo estamos hablando." Evie suspira, reclinándose en la silla.

Echo una mirada a Maia. "¿Asuntos de chicos?"

Maia asiente miserablemente. Cuando habla, su acento británico de alta alcurnia es particularmente fuerte. "Los hombres apestan."

No puedo disentir de ello. "¿Quieren despejarse un poco? ¿Quizás una pizza?"

Evie se ilumina. "Muero de hambre."

Le sonrío. "¿Qué tal si me cambio y nos vemos en el pórtico en un rato? Todo lo que tienen que hacer es decidir en los ingredientes de la pizza."

Evie sonríe y Maia me da una tímida mueca. Corro a mi habitación, cambiándome a una minifalda de jean y a una enorme camiseta azul. Entonces, tomo mi cartera y mi teléfono, y me dirijo al porche.

Evie y Maia están acomodadas en las sillas, por lo que me siento en el suelo.

"¿Están las dos de acuerdo en ir a ese lugar pizzas en la Tercera? Yo sueño con sus palitos de pan a veces," digo.

"Claro," dice Maia encogiéndose de hombros.

Evie parece pensativa. "Estoy pensando en queso de cabra y tomates deshidratados..."

"¡Sí! Y... ¡Alcachofas!" Dice Maia.

"¿Con salsa pesto?" Pregunto.

"Tú sabes lo mucho que amo el pesto," dice Evie.

"Sí, suena perfecto." Maia entrecierra los ojos ante la luz del sol. "Y palitos de pan, porque aparentemente ese lugar tiene unos muy buenos."

"Oooh ¡y Coca-Cola dietética si tienen!" dice Evie.

"Chicas, no tienen idea de cuánto están mejorando mi día en este momento," digo, mirando la página web de la pizzería. "Después de la mañana de porquería que tuve, estoy muriendo por esta pizza, lo juro."

"No me hagas empezar sobre haber tenido una mañana de porquería," murmura Maia. "¿Ya mencioné que los hombres basura?"

"¿Qué te pasó?" pregunto, un poco distraída con el teléfono en mis manos.

"Mi novio... Bueno, ahora es mi ex novio definitivamente, creo. De cualquier manera, tomó un soborno de mi familia y me delató." Maia parece como si fuera a vomitar.

"Wow ¿sobre qué?" pregunto.

Maia muerde su labio. "¿Puede que le haya... Dicho a mis padres que he estado en la escuela de arte todo este tiempo? Algo así como sacando mi magíster en Bellas Artes?"

Levanté la mirada del teléfono, bastante sorprendida. "¿Tú qué?"

Ella me da una sonrisa torcida. "Tu reacción seguramente es mejor que la de mis padres. Bueno, no quiero hablar de ello definitivamente. Definitivamente, definitivamente, *definitivamente*."

Sacudo un poco mi cabeza, presionando el botón de *ordenar ya* en mi teléfono. Entonces, centro mi atención en Maia. "Está bien, pero ¿Cómo afecta esto tu ciudadanía? Asumo que estás aquí con tu visa de estudiante..."

"¿Podemos no hablar de ello en este momento?" Ruega ella.

Evie despeja su garganta. "¿Qué tal si volvemos a despellejar hombres? Porque ellos realmente son basura."

Mi teléfono vibra levemente en mi mano. Bajo la mirada y veo un mensaje de texto de Jameson.

¿Ocupada?

Con esa sola palabra ya estoy sonriendo. Le respondo.

Sí. ¿Te parece más tarde?

Reprimo una sonrisa ante su respuesta. *Tú sabes.*

"¿De quién está recibiendo mensajes de texto que la hacen sonreír?" Maia le pregunta a Evie, frunciendo el ceño.

"¡De nadie!" Insisto, bajando mi teléfono. "Y la pizza está en camino. Ahora, ¿dónde estábamos con lo de despellejar hombres?"

Evie me da una mirada extraña, pero lo deja hasta ahí. Y yo solo me siento y las escucho quejarse sobre los hombres que las han decepcionado… Todo mientras, en secreto, algo brilla en mi interior. Porque, aunque mis padres me hagan enfurecer y mi hermano dice cosas que no entiendo…

Jameson está ahí para mí. Él es firme esta vez, resuelto a que esto dure. Puedo sentirlo.

Y eso significa que no puedo quejarme más. No sobre él, por lo menos.

17

JAMESON

"¿Estás segura de que tenemos que ir?" Pregunto, tirando del dobladillo del ceñido vestido negro de Emma. Estoy desparramado en su cama, vestido con un traje costoso. "Podríamos quedarnos en esta cama, ¿sabes?"

Ella baja su mirada hacia mí, sonriendo mientras se coloca un zarcillo de diamante. "¡Vamos a tu asunto lujoso del Gremio de Bartenders! Definitivamente tienes que ir. Además, prometiste que iríamos juntos para probar... Tú sabes, *salir* juntos."

Estiro mi mano y la atrapo, atrayéndola sobre mí. Pongo mis labios en su oreja y paso mis manos por sus caderas sobre el vestido. "Puedo pensar en diez cosas que preferiría estar haciendo."

Por un segundo, lo permite. Pone sus manos en mi pecho al tiempo que mordisqueo su lóbulo, respirando con fuerza un par de veces.

"Mmmm," dice ella. "Eres terrible."

Acaricio con mi mano por debajo de su vestido, deslizando un par de dedos por el borde de sus pantis. "Hay algunas cosas para las que soy el mejor, por así decirlo."

Ella contiene su respiración mientras mis dedos hacen su camino hasta la entrepierna de su prenda íntima. Beso completamente su boca, tratando de suprimir el regocijo que siento. Estoy en lo cierto después de todo.

"Malvado es como debería llamarte." Sus palabras salieron forzadas.

Levanto su vestido hasta la cintura, bajando sus pantis. "Sabes que te encanta."

Emma me mira con sus párpados pesados y ojos llenos de lujuria. "Esto no hará que cambie de parecer sobre ir esta noche."

"Ya lo veremos," digo, besándola suavemente. Luego, azoto su trasero. "Quiero que te sientes en mi cara hasta que te vengas."

"Oh, Jameson—" comienza a protestar. Sólo azoto su trasero una vez más.

"Hablas mucho y no te retuerces lo suficiente. Siéntate de una buena vez en mi cara antes de que pierda los estribos."

Ella se sonroja muchísimo, pero se encarama en la cama. Luego, se sienta sobre mi cara con movimientos vacilantes. Giro mi cabeza y beso el lado interno de sus muslos, causándole cosquillas con mi barba sobre su piel desnuda.

Ella respira pesadamente y aprieta sus senos. La atrapo al poner una mano en su trasero desnudo y la otra en su vientre. Huele tan jodidamente bien así, con sus piernas a ambos lados de mi cabeza. Usando dos dedos para levantar y separar sus labios mayores, la encuentro ya húmeda de lujuria.

"Mmmm," murmuro mientras saco mi lengua, atormentando a su vagina con lamidas delicadas.

Ella gime y se presiona hacia abajo, buscando más contacto. Se lo doy, haciendo círculos con mi lengua alrededor de su clítoris.

"Yo— yo—" dice, apretando sus ojos cerrados. "Mierdaaaaaaa, esto es tan bueno."

Río con malicia, sintiendo las vibraciones corriendo por su cuerpo. Por un instante, la provoco usando mi lengua para follarla. Ella gime de frustración y yo sonrío. No debería estar disfrutando tanto de esto, pero sus ruidos impacientes y el hecho de que se está derritiendo en mi maldita lengua son cosas demasiado buenas.

Sello mis labios alrededor de su clítoris, succionando fuerte y largo. Emma se quiebra sobre mi cara, chorreándose y apretando. Es tan excitante verla así, completamente insatisfecha, que casi deseo estar adentro de ella, pero sé que todo tiene su tiempo y su lugar.

Solo la ayudé a superar su orgasmo, lamiendo suavemente hasta que se despegó de mí. Se derrumba a un lado, respirando pesadamente. Me siento, limpiando su corrida de mi cara.

"Oh Dios mío," dice ella con sus ojos aún cerrados.

Su vestido aún está alrededor de su cintura. Me tomo un momento para apreciar sus caderas y contemplar cuan mojada esta su vagina, con sus fluidos deslizándose lentamente. Puedo verla brillando ante la luz del atardecer que se cuela por la ventana.

"Dios, eres hermosa," le susurro besando sus muslos.

Emma abre un ojo. "Me vuelves loca. ¿Ese movimiento final que hiciste cuando succionaste mi clítoris?" Hace un sonido ahogado. "Esa será mi muerte. Estoy segura."

Curvo mis labios señalando al frente. "Parece ser una buena estrategia."

Emma suspira. "¿Me pasarás mis pantis?"

Ladeo mi cabeza. "Creo que no. La idea de que estés desnuda bajo ese vestido toda la noche es, probablemente, la única manera en la que me vas a forzar a ir a esa condenada cosa."

Sus cejas se arquean, pero no insiste en ello. Sólo se levanta de la cama, bajando su vestido por sus caderas. Lo alisa como si yo no la acabase de hacer venir hace unos minutos.

Comienza a caminar hacia el clóset, pero la atrapo y beso su trasero. Ella se resiste, forcejeando un poco. No le presto atención, enterrando mi cara justo entre sus nalgas.

"Creo que más tarde me comeré tu trasero y tú amarás cada segundo de ello. Así que piénsalo toda la noche mientras estamos socializando."

Entonces la suelto, levantándome. Ella se da la vuelta y me mira, mostrándose un poco confundida y petrificada.

"¿Te gusta hacer esto?" pregunta Emma.

"Me gusta el hecho de que hayas acabado más fuerte de lo usual. Y me gustaría hacerte sentir bien mientras juego con tu trasero. Eventualmente planeo correrme adentro de él, pero tienes que empezar de a poco. Así que ese será un bonus." Le guiño, moviéndome para buscar mis zapatos.

Ella solo me mira con su quijada colgando. "Estás demente."

"Vamos, apresurémonos. Ya vamos tarde gracias a ti siendo tan calenturienta," bromeo.

"¡Eres el peor!" Me dice ella al tiempo que se coloca sus zapatos. "Sólo para que lo sepas."

La escolto fuera de su habitación y la apuro hacia mi carro. Para el momento en el que ya habíamos hecho todo el trayecto a la ciudad y nos apresuramos dentro del silencioso y oscuro interior del bar del evento, ya casi estaba anocheciendo. El Golden Compass, el bar en cuestión, es de alta categoría y decorado al estilo náutico, con suntuosas alfombras rojas y mobiliario de cuero azul marino. Tiene un mostrador dorado que corre a lo largo de todo el bar, y un protector contra salpicaduras dorado que hace juego detrás de éste, mostrando varios tipos de rones finos.

Tomo la mano de Emma, adentrándonos en el bar. Estamos retardados, de seguro; un par de bartenders están hablando con el grupo sobre cómo realizar una cata de vinos. Apenas hay espacio disponible detrás de la última pareja de bartenders para acomodarnos, pero mi estatura y complexión hace que las personas que acomoden lo suficiente como para que entremos ambos.

Uno de los tipos que está hablando al grupo me mira. Está tan a la moda que parece vestido como un artista de circo, rematado con un bigote retorcido. "¡Vaya, vaya! Miren quién llegó."

Las cabezas se giran para notar mi presencia. Me abro paso por la multitud con mis codos, asegurándome de que Emma se mantenga conmigo. Estrecho su mano.

"Jethro, hombre. No sé si ya te lo he dicho, pero amo este lugar."

"Gracias, amigo. ¿Quién es tu señorita?" Mira a Emma, quien se sonroja rápidamente.

"Ella es Emma. Emma, él es Jethro, dueño del bar en el que estamos."

"Un placer conocerle," dice ella educadamente.

"Hablábamos de hacer una cata de vino. Podríamos dividirla entre varios bares, quizás preparar un plato con diferentes quesos también," dice Jethro. "Beth ¿qué estabas diciendo?"

Se da la vuelta hacia Beth, quien está vestida como una fiestera de los noventas. Esta gente tiene demasiado estilo para la escuela, de eso estoy seguro.

"Oh, podríamos hacer una noche especial, o tener como... un menú especial disponible por una única semana." Ella parece bastante decidida.

"Genial. ¿Qué opinan, muchachos? ¿Una semana o una noche especial?" Pregunta Jethro a la multitud.

"¿Qué tal un mes?" Dice alguien al fondo.

"¡Apoyo eso!" Responde una mujer.

Miro a Emma, echándole un ojo. Ella sonríe un poco, y aprieto su mano. Se deja llevar fácilmente; sabe que este es mi mundo y ella parece bastante contenta en ser una pasajera mientras yo conduzco. Al mismo tiempo, no como si no entendiera nada de la reunión o que fuera totalmente aburrida para ella.

Ella sólo está dispuesta a dejarse llevar. Aprecio eso más de lo que ella sabe.

Después, cuando la mayor parte de la multitud se dispersó, Emma y yo nos sentamos bastante juntos en una de las bancas de la plaza. Hay una mesa frente a nosotros y Beth empieza una retahíla sobre comprar barricas de madera en las que el whiskey se añeja.

Jethro se acerca con una pequeña bandeja de cócteles con ron, todos decorados festivamente con rodajas de piña y sombrillas tiki. Los coloca frente a nosotros. "Prueba nuestro nuevo trago. Es como un Mai Tai, pero más refrescante. Está hecho con una mar de jugo de coco."

Pruebo mi bebida, haciendo un sonido de satisfacción. Arqueo una ceja hacia Emma. "¿Qué opinas?"

Ella coloca la pajilla en sus labios, cerrando los ojos mientras lo prueba. Sus ojos se abren repentinamente, ferozmente verdes.

"Deberían embotellar esto y vendérselo a las chicas de las sororidades. Venderían un millón de envases sin problemas," comenta.

Jethro se ríe. "Me agrada que te haya gustado."

"Mmm," dice ella modestamente.

Deslizo mi mano bajo la mesa, agarrando la rodilla desnuda de Emma. Ella me mira, aún sorbiendo. Hay una chispa de picardía en sus ojos. Acerco mi mano al borde, cerca de su cuerpo.

Este coqueteo con alguien con quien se supone debo

coquetear es algo nuevo para mí. Es una nueva experiencia traer a un evento a alguien que respeto y cuyas ropas deseo arrancar más tarde.

¿Es esto estar en una relación, de hecho? Si es así, no está mal.

No es que Emma y yo lo hayamos hecho oficial... La miro. Si Emma ha tenido tiempo para ver a alguien más, me sorprendería. Hemos sido inseparables las últimas dos semanas.

"¿Entonces sirves bebidas de ron principalmente aquí?" Pregunta Emma a Jethro.

Jethro infla su pecho, lanzando un discurso cuidadosamente preparado sobre por qué tiene un bar que atrae a los amantes del ron. Yo trato de no entornar los ojos cuando él hace el debut del término proto-tiki. Sólo está emocionado de que alguien le pregunte, es todo.

Cuando Jethro se levanta para servirnos otro trago, me inclino hacia la oreja de Emma. "Voy a hacerte cosas sucias pronto. ¿Lo sabes, verdad?"

Ella levanta su mirada hacia mí con una expresión divertida que dice *Cuando quieras*. Sorbo mi trago y coloco veinte minutos en mi cronómetro mental. En veinte minutos daremos nuestra excusa y saldremos.

Y, entonces, empieza la verdadera diversión.

18

EMMA

Cuando llegamos a la puerta de mi casa, él me está desvistiendo incluso antes de siquiera abrir la cerradura. Al segundo de entrar, me alza y me lleva hasta la habitación. Jameson me baja y se sienta en mi cama.

Me mira de arriba abajo, con su mirada oscura y penetrante. Parece como si viera a través de mi propia alma. Me siento casi avergonzada, como si debiera haberme puesto algo más que este vestido, pero no importa. Él toma mis manos cuando intento cubrirme y luego me hala hacia su regazo.

"¿Tiene idea de cuán bella eres?" Me gruñe al oído. Gimo y me muevo para sentarme sobre su gran cuerpo, acercándome de cualquier manera que puedo.

Me sonrojo completamente. Sentada sobre él es imposible no sentir su pene tieso a través del pantalón. Se siente largo, grueso y perfecto. Tengo un pequeño destello de cuán rico se sentirá dentro mi vagina, abriéndome y haciéndome temblar de éxtasis.

"Quizás," susurro. El aire en la habitación se siente demasiado caliente en mi piel, muy pesado.

"Definitivamente no lo sabes," me dice, deslizando su mano por mi cabello y haciéndome bajar para encontrar sus labios. Disfruto el dolor que me causa al tomarme del cabello, controlándome.

Lo beso, disfrutando la calidez subiendo por su cuerpo. Baja su rostro para besar mi cuello, lo que me hace estremecerme de placer. Aprieta uno de mis senos, con movimientos gentiles y lentos. Mi cuerpo arde en deseo por el de él, un fuego que se esparce primero entre mis senos y luego baja hasta mi entrepierna.

Muevo mis caderas contra las de él, deseando ser tocada. Mis senos, mi trasero, mi vagina… Todo en llamas y su toque mágico es lo único que puede calmar este fuego atroz. Deslizo mi mano debajo de mi estómago. Él toma un respiro mientras mi mano trepa entre nuestros cuerpos.

"No tan rápido," dice, usando el agarre de mi cabello para echar mi cabeza hacia atrás. "Quiero que te bajes de mi regazo y te desnudes."

Muerdo mi labio, empujándolo. Me suelta el cabello y se levanta.

"Buena chica," me elogia. "Ahora desnúdate y siéntate en el borde de la cama. Ya vuelvo."

Él desaparece, dejándome para que me desnude. Me quito el vestido, sacudiéndolo y dejándolo en el suelo. Vacilo un poco, luego desabrocho mi sostén y lo quito. Espero un segundo para ver si Jameson reaparecerá, pero no lo hace.

Así que tomo asiento, colocando mi trasero en el borde de la cama. Él vuelve a la habitación con una suave bolsa negra en sus manos. Cierra la puerta detrás de él, dándome una sonrisa retorcida. Coloca la bolsa en el suelo y me mira como un gran felino contemplando a su presa.

Sus ojos están por toda mi piel desnuda. Se sienten como una caricia, caliente y pesada. Él abre la brillante bolsa negra, sacando una paleta, lubricante... y un suave consolador morado, de unos ocho centímetros de largo. Mis ojos se abren por completo.

"¿Un consolador?" digo. La simple idea de él usándolo conmigo me hizo avergonzarme. "¿No se suponía que tu serías el único pene en esta habitación?"

"Muy graciosa." dice con una mueca. Lanza el consolador a la cama, sacándose la franela por encima de su cabeza. Mira apreciativamente mi cuerpo, y mis tiesos pezones.

"No te preocupes por eso," me dice, acercándose para colocarse entre mis piernas. "Sólo concéntrate en mi, Emma."

Rompe el envoltorio de la paleta, revelando el sabor. Es de un rojo brillante cereza. La mete en su boca, haciendo un sonido de satisfacción para confirmármelo. Entonces, la saca de su boca con un pop, sosteniéndola para mí. Yo le paso mi lengua con indecisión, temblando ante lo fría y dulce que es.

Se arrodilla en el suelo entre mis piernas, lamiendo la paleta. No puedo hacer otra cosa más que mirar, en la forma en que su boca y garganta trabajan al tiempo y la succiona tan intensamente.

"Es dulce," dice, con una mirada prometedoramente lujuriosa. "Pero no tanto como tú."

Me besa, con el sabor frutal de la paleta aún en su lengua. Entonces, se echa para atrás, pasando el dulce por la punta de mis senos. Suelto un soplido. Él cubre el camino helado de la paleta con el calor de su boca, usando su lengua.

Gimo, vagamente consciente de cuán excitada me estoy poniendo, y saco mi pecho. Las sensaciones cálidas y frías son tan opuestas, causándome escalofríos por toda mi piel.

Puedo sentirlo todo mucho más agudamente, con precisión láser, mientras él lame mi pezón con su lengua.

Chillo. Me empuja hacia la cama llevando la paleta más abajo. Titubeo una vez y él se detiene, mirándome.

"No te muevas. No hagas ni un ruido o me detendré. ¿Lo entiendes?"

Mi cerebro mega sexualizado me hizo sentarme y mirarlo como una idiota.

"¿No he sido claro?" pregunta.

"No, sí lo fuiste," respondo.

"Bien. Eso es lo último que quiero escuchar de ti," añade, empujándome otra vez. Besa la parte interna de mis muslos y yo tengo que aferrarme a las sábanas, tratando desesperadamente de no retorcerme o gemir.

Su lengua sigue a la paleta por mi ombligo, luego al hueso de mi cadera y después a mi entrepierna. Muerdo mi labio inferior, luchando por mantenerme quieta. Para el momento en el que él pasa la paleta por mi clítoris, estoy lista para gritar por la anticipación que él ha creado en mí.

El dulce desaparece, lanzado a algún lugar. Él conoce mi cuerpo, sabe cuando estoy lista para estallar. Aunque se toma su tiempo para hacerme acabar. Lame lentamente y succiona mi clítoris hasta que estoy jadeante, tratando de no rogar mientras exprime cada gota de placer de mi piel.

Se detiene por un segundo y yo me quejo estruendosamente. Él se mueve para tomar el consolador. Me congelo un momento antes de poder protestar; él regresa a lamer mi clítoris con círculos lentos y cuidadosos.

Estoy desesperada por él, gimiendo y apretando mis manos en puños tomando las sábanas. Jameson toma total ventaja, frotando el consolador contra mis labios menores. Estoy tan mojada y excitada que no necesito ningún lubricante. Mientras él presiona el juguete con mi vagina hago un sonido, como una especie de gimoteo y él retira su boca otra vez.

Puedo sentir mi cuerpo chorreándose por él, siento las sábanas bajo mi cuerpo humedeciéndose cada vez más, pegándose contra mis nalgas.

"¿Vas a ser una buena chica y harás silencio para que yo pueda terminar de comerme tu vagina?" Murmura contra mi piel desnuda. "Realmente espero que lo seas porque no puedo esperar a oírte diciendo mi nombre."

Asentí, sintiendo mi cara tornándose roja. Cierro mi boca y me quedo quieta, motivándolo a continuar.

Vuelve a presionar el consolador contra los labios de mi vagina. Estoy tan mojada que se desliza parcialmente sin ninguna resistencia. Dios, la presión del juguete se siente bien, casi como su pene.

Jameson lo saca, besando mi clítoris una vez más. No puedo mantenerme callada, así que gimo suavemente. Él no se detiene, sólo mete el consolador otra vez, lamiendo mi clítoris.

"Oh, Dios," resoplo. "¡Mierda!"

Aprieto las sábanas, sabiendo que estoy muy cerca de correrme. Siento mis muslos temblar mientras él besa con su lengua mi clítoris. Al tiempo que mueve su lengua, saca gentilmente el consolador de mi vagina y lo pone en mi trasero esta vez.

Estoy lo suficientemente impactada por el contacto como para hacer un ruido, pero afortunadamente él no deja de lamer. Por el contrario, aumenta la intensidad de su beso mientras presiona cada vez más el juguete en mi trasero.

Jameson hace una pausa y yo gimo. Cuando regresa, mueve el pequeño consolador contra mi entrada trasera una vez más, y yo siento la lubricación del producto que él añadió. Muerdo mi labio inferior y cierro mis ojos.

Se siente extraño pero muy bien. Él desliza el consolador por mi trasero mientras besa mi clítoris. La sensación de estar bastante llena y muy lista para correrme me invade.

"Oh Dios... por favor..." Le suplico.

Él suelta una risa. Esto es suficiente para mí. Mis ojos se tornan blancos y yo me tenso y sacudo. Me siento cautivada, pero aún cuando estoy desvaneciéndome, él ya está preparándose para más. Se deshace de sus pantalones con una expresión intensa en su rostro.

Se levanta, pone el consolador a un lado. Me voltea colocándome sobre mis manos y rodillas, azota mi trasero una vez. Un escalofrío recorre mi espalda, espontáneamente.

De hecho, Jameson aúlla su excitación, lo cual sólo aumenta mi sensación de anticipación. Él aparta mis muslos y presiona su ancho pene contra la entrada de mi vagina. Se siente tan grande en este ángulo, imposiblemente grande.

Él usa un poco de mi lubricación para meterse a medio camino en mí. Ambos gemimos. Jameson toma mi largo cabello oscuro con una mano y tira de él ligeramente, para luego penetrarme con fuerza.

Chillo de placer al borde del dolor. Él es tan grande, llenando cada centímetro de mí, tocando cada lugar secreto dentro.

Él me toma de la cadera y empieza a meterlo suavemente. Me estremezco cada vez que lo saca y luego me llena una y otra vez. Jameson aumenta la velocidad, aferrándose a mi cabello y cogiéndome más fuerte.

Gimo, sintiéndolo llenar cada centímetro de mi vagina. Se mueve un poquito y, de repente, está rozando mi punto G. Aprieto y suelto instintivamente mi vagina alrededor de su pene.

"¡Ah!" grito. "¡Dios, justo ahí!"

"¿Te gusta?" gruñe. "Quiero que te vengas tan duro. Quiero sentir que llenas de tu crema todo mi pene."

Grito cada vez que toca mi punto g una y otra vez,

moviéndose tan rápido como un arma automática. Todo adentro de mi cuerpo se tensa.

"Oh Dios... oh Dios, Jameson, estoy— estoy—" lloro, aferrándome a su pene. Siento como si fuera a explotar, entornando mis ojos con fuerza.

Él gruñe al acabar, rematando con una estocada final. De hecho, puedo sentir los chorros de semen caliente mientras los dispara en mi vagina.

"Mierda," ladra, luchando por respirar.

Relaja su agarre de mi cabello, inclinándose al frente para besar la parte baja de mi espalda. Yo colapso en la cama, soltando una sonrisita sin sonido.

Él sale de mí, cayendo en la cama a mi lado. Quito el cabello sobre mi hombro y ruedo hasta quedar frente a él. Jameson toma mi mano y besa mis nudillos.

Al tiempo que está allí a mi lado, tratando de controlar su respiración, no puedo evitar cómo mi corazón se arruga. Cuando lo miro, a duras penas puedo respirar por el deseo de contarle todos lo que hay en mis adentros.

En vez de decirle que lo amo, prefiero guardar silencio.

"¿Sería raro si te pido que seas mi novio?" Suelto abruptamente. Me sonrojo de inmediato y es todo lo que puedo hacer para evitar cubrir mi boca.

Él abre sus ojos, clavándome con su mirada oscura. "No lo sería, definitivamente. Te habría pedido que fueras mi novia tarde o temprano, oficialmente."

Se apoya en una mano, inclinándose al frente para besarme tan lento como jamás lo había hecho. Mi ritmo cardíaco se dispara por encima del techo.

"¿Sí?" pregunto, sintiéndome necesitada y patética. La parte de mí que adoraba a Jameson por tanto tiempo no puede creer que esté aquí ahora, teniendo esta conversación con él.

Él se ríe. "Sí. Siento..." Despeja su garganta, serenándose. "Aunque, se siente como si fuéramos más que novios. No hay una palabra para lo que somos. Siento como si, yo... No estoy seguro de cómo pasó esto, para serte sincero."

Lo beso, saboreando lo salado de sus labios. "Tendremos que establecer una palabra, quizá."

Sus ojos se arrugan. "Sí."

"Trabajaré en ello," prometo, acurrucándome más cerca de él.

Él no dice nada, sólo me mantiene cerca. Y eso es mucho para mí ahora.

JAMESON

Trabajé hasta tarde anoche, lo que significa que Emma pasó la noche en mi cama. Me despierto temprano la mañana siguiente y la dejo dormir pacíficamente, con el sol entrando por la ventana. Paso un largo rato mirando la página web de mi agente de bienes raíces, mirando los precios y guardando las propiedades que me gustan.

Puede que no debería estar comprando esta casa con Asher, pero Forest encendió la mecha. Los bienes raíces serán el futuro, o eso parece. Así que hablé con el agente hace una semana, y ahora ella me tiene en su sitio web, tratando de averiguar qué deseo.

Quiero al menos dos habitaciones. Una para mí, y la otra para mis invitados, o quizás una oficina. También me gustaría un lindo patio, lo bastante grande para hacer una parrillada. Lo suficiente para un buen columpio, algún día en un futuro lejano.

Se me hace extraño planear algo con tantos años de antelación, pero lo hago de todas formas. Cuando finalmente consigo una lista de lugares que quiero que veamos juntos, se los envío por correo a mi agente. Casi de inmediato, ella responde preguntándome si tengo tiempo para verlos hoy.

¿Hoy? Trato de no entrar en pánico. Digo, hoy tengo todo el día libre. Todo lo que iba a hacer era convencer a Emma de surfear. Pienso en ello por un minuto, y luego pongo mi portátil a un lado.

Regresando a mi habitación, entro a hurtadillas. Emma se estira en la cama, con su largo cabello esparcido sobre su almohada. Por un momento, admiro sus mechones negros sobre sus pálidas mejillas, y el suave color rosado pétalo de sus labios.

Me siento a su lado, y el movimiento hace que abra los ojos un poco. Ella me ve, y sonríe. Algo se mueve dentro de mí, algo puro y emocional.

"Hola," susurra.

"Hola." Me inclino para besarla, y ella se levanta para encontrar mis labios.

Tras un momento, ella se aparta. "¿Hay una razón por la que estés despierto?"

Levanto la comisura de mi boca. "Sí, de hecho. ¿Cómo te sientes para ver casas hoy?"

Ella se ve sorprendida. "¿Hablas de casas para ti?"

"Para yo comprar," aclaro. "Y vivir."

Emma se sienta. "No tenía idea de que estuvieras buscando."

"No lo estoy, pero pienso que debería cambiarlo." Miro la sábana que ella tenía bajo su brazo, para ocultar su modestia. Estaba casi colgando. Tiro de ella un poco, y soy recompensado con ver su completo y perfecto pecho.

"¡Jameson!" me regaña, tirando de la sabana.

Me acerco y acoplo mi mano sobre su seno, y mis dedos encuentran el pezón y tiran de él con gentileza. Ella luce irritada, pero su pezón se endurece bajo mi toque. Cuando me inclino y tomo ese duro pezón rosado en mi boca, ella hace un suave sonido.

Sus dedos encuentran mi cabello, jugando con él suavemente mientras acaricio su pezón con mi lengua. Sus ojos se cierran en el camino.

"Eres tan malo," me dice.

Yo chupo su carne un segundo más, y luego la libero. Dejo una linda y brillante marca rosada en su aureola, lo cual me gusta ver.

"No respondiste a mi pregunta." Deslizo mi mano por un lado, hacia su cadera.

"¿Sobre lo de ver casas? Sí, claro que iré. Amo ver espacios sin terminar." Sus ojos se abren, más verdes que nunca. "¿A qué horas vamos?"

Me distraigo tirando la sábana de su cuerpo. "Más tarde."

Consigo un buen agarre en su cadera y beso todo su cuerpo. Por un buen rato, estoy perdido entre sus ronroneos y suspiros de placer.

Cuando mi cerebro se calma lo suficiente para volver a pensar en mi agente de bienes raíces, el sol tiene un brillo cegador que cruza las ventanas de mi habitación. Busco mi teléfono y le envío un correo de vuelta, haciéndole saber que hoy está bien para mí.

Un par de horas después, Emma y yo estamos en el patio delantero de un hogar ranchero, tomados de las manos y parpadeando por el sol. La casa en sí no impresiona, es plana y el patio en el que estamos es en su mayor parte arena y tierra.

"¡Esta casa es genial!" grazna Ally, nuestra agente de mediana edad. Ella tira del borde de su corto traje rojo brillante. "Dos habitaciones, dos baños. Una cocina recientemente remodelada. Ustedes tienen que ver el interior."

Yo sólo gruño, inseguro de la habitabilidad de la casa hasta ahora.

Emma me da un codazo. "Nos encantaría verla."

Ally sonríe ampliamente y camina por el pórtico frontal, luchando con un candado en la puerta principal. Ella hace una mueca mientras empuja la puerta, la cual abre con un largo sonido raspado. "Como podrán imaginar, esta casa requiere algo de mantenimiento especial. Pero tiene mucho potencial, y también un precio bastante razonable…"

Emma me mira. "Esta es tu especialidad. ¿Quieres entrar?"

Asiento titubeante. "Sí, eso creo."

Llevo a Emma dentro, mareándome un poco por el papel tapiz verde y la alfombra naranja afelpada que nos recibe. Como sacado de finales de los setenta.

"Esta es la casa ideal para empezar," dice Ally. "Sólo necesita algo de amor y atención para ser hermosa."

Aclaro mi garganta. "¿La mayoría de las casas dentro de mi presupuesto están… faltos de trabajo?"

Ally sonríe. "No todas. Esta necesita más trabajo, pero es también más grande que la mayoría de lugares en tu lista. Echa un vistazo más adentro. Creo que encontrarás que la casa tiene buenos cimientos."

Entramos a la casa mientras que Ally describe cómo ha sido remodelada la cocina, y cómo las habitaciones se pueden ver geniales con algo de trabajo. Los baños estaban terriblemente fuera de onda, pero había bastante espacio para una oficina. Además había un enorme patio trasero, el cual podría fácilmente dar lugar a la parrilla y el columpio que tanto deseo.

Ally nos deja solos en el patio trasero un momento. Emma me mira, curiosa.

"No has dicho mucho en todo el rato. ¿Qué piensas de esta casa?" pregunta.

"No lo sé," le digo, suspirando y pasando mi mano por mi cabello. "Ally sigue diciendo sobre cuánto potencial tiene la casa, pero tengo problemas para verlo. ¿Qué opinas tú?"

"¿Yo? No lo sé." Se muerde el labio.

La miro. "Tienes opinión aquí, Emma. Podría bien ser tu casa, en un futuro no muy distante. ¿Te imaginas vivir aquí?"

Ella se sonroja. "¿Eso es lo que piensas?"

"¿Qué?"

Ella mira el suelo. "Que esta podría ser mi casa algún día."

Titubeo, confundido. "Pues, sí. Te pido tu opinión porque de hecho me importa si te puedes ver o no asentando aquí pronto. Mudarse es el siguiente paso, ¿no?"

"Lo es..." dice, pero sigue sin mirarme.

"Emma," le digo, tomando gentilmente su muñeca. Ella me mira, luciendo confundida. "¿Estaría mal pensar que tarde o temprano querríamos dar el siguiente paso juntos?"

Sus ojos se humedecen mientras me mira. Cuando habla, su voz está algo ahogada. "Definitivamente no estaría mal. Yo sólo... sólo estoy feliz de escuchar que sientes lo mismo, creo."

La traigo hacia mí, cerrando mis brazos alrededor de ella. "Claro que sí. Podría ser un idiota y terco, pero me siento como si... como si desde que pasamos por esa ruptura... no lo sé, sólo pienso que..."

Ella presiona su cabeza contra mi pecho, asintiendo. "Entiendo, creo. Te sientes como si simplemente debemos seguir adelante, ahora que hemos superado aquel gran obstáculo."

"Exacto. Exactamente así." No podía ponerlo en palabras, pero ella sabía a lo que me refería. No puedo expresar mi gratitud lo suficiente en palabras, así que la abracé más fuerte.

Nos quedamos así por un tiempo, con su rostro presionando en mí, y mis brazos alrededor de sus hombros. Un rato después, Ally saca su cabeza por la puerta trasera.

"¿Están todo bien? ¿Quieren ver más casas?" pregunta.

Yo retrocedo un poco, mirando a Emma. Los bordes de sus labios se levantan.

"Creo que estamos listos para ver otra casa. ¿Verdad?" le pregunto.

Ella no pierde el ritmo ni rompe el contacto visual. "Bastante listos."

"¡Genial! Tengo otra casa que podría ser más adecuada a ti," canta Ally. "Definitivamente tiene una mejor impresión que esta casa, te lo aseguro."

Tomo a Emma de la mano, llevándola a través de la casa y por la puerta principal. Ella sigue sonriendo mientras entramos al carro de Ally y nos dirigimos a la próxima casa.

Manejamos hasta que quedamos a unas cuantas calles de Redemption Beach. Miro los patios arenosos de las pequeñas cabañas con cercas de madera blancas que pasamos, y me entra curiosidad. Cuando estacionamos frente al lugar, miro la casa por un segundo.

Es una pequeña cabaña pintada de un amarillo brillante, con un patio arenoso bien mantenido y una cerca de madera de un blanco perfecto.

"¿No es genial?" pregunta Ally, mirándome. "Es de los años 30, y original por dentro también. Y obviamente está en esta calle súper linda de casas."

"Yo... es genial," le digo, saliendo del carro. Siento a Emma cuando se pone detrás de mí. "Esto es lo que imaginé, cuando pensé en comprar una casa."

"¡Y espera a que veas el interior!" dice Ally. "Desde aquí luce tan bien como una estampilla, pero por dentro es bastante espaciosa."

Emma desliza su mano en la mía, apretando mis dedos. Yo sigo a Ally por la cerca y hacia el patio.

"Te va a encantar el patio trasero también," dice Ally mientras abre la puerta. "Es maravilloso y grande. Incluso está cubierto por unos cuantos árboles grandes."

Ally entra, abriendo la puerta hacia una pintoresca sala de estar. Todo el lugar está vacío, pero no es difícil de imaginarlo lleno de muebles. Un sofá en la pared, libreros a cada lado de la ventana. Estoy seguro que parezco un tonto, estando de pie ahí boquiabierto, dejando que mi mente vuele.

"Wow," le digo, porque es lo único que viene a mi mente. Miro a Emma, y la encuentro sonriendo.

"Este lugar es... es muy lindo," dice, soltando mi mano para cruzar la sala.

Le sigo los talones, entrando a un punto medio, seguido por una cocina totalmente blanca. Las habitaciones y el baño se ramifican en ese cuarto central. El techo no es tan alto, quizás treinta centímetros más alto que yo en algunas partes, pero pienso ignorarlo.

Emma abre las puertas francesas que llevan al patio trasero. Ella voltea a verme con una expresión alegre. "Es perfecto."

Y lo es. Es un patio con una parrilla a un lado, y un área enorme del otro lado. Como lo prometió, hay dos árboles enormes dando sombra al patio, arqueándose sobre todo.

"Ya casi puedo verte haciendo una fiesta aquí," murmura Emma.

"O colocar un columpio justo ahí, le digo, apuntando al área vacía. Emma y yo intercambiamos miradas, con sus ojos abriéndose un poco más.

"¿Tú crees?" dice, sonrojándose un poco.

Miro a Ally. "Esta es."

"Jameson—" dice Emma. "Es el segundo lugar que has visto. Sé razonable."

La miro justo en los ojos, firmemente. "Cuando veo lo

que quiero, busco conseguirlo. Una vez que estoy seguro de algo, es así. No hay razón para discutirlo."

Emma se sonroja mucho, tomando mi doble sentido fácilmente. "Deberías seguir buscando un poco más. Pensarlo por unos días."

La tomo de la cintura, atrayéndola para besar sus labios, lento y sensual. Emma se agita un poco porque Ally está aquí, pero me rehúso a ceder, manteniéndola fija. Cuando suelto sus labios, ella queda falta de aliento.

La miro a los ojos. "Está decidido."

Ella levanta la mirada. "¿Lo está?"

Le doy otro beso, y luego la suelto. Miro a Ally.

"Tengo que llamar a mi administrador, pero esta es la casa."

Ella parece sorprendida, pero complacida. "Okey. ¡Ésta es la casa! ¡Hurra!"

Emma y yo la seguimos a través de la casa, y me siento inmensamente satisfecho.

20

EMMA

Jameson se voltea en mi cama en mitad de la noche, sacudiéndome. "Oye. Despierta."

"¿Hmmm?" pregunto, somnolienta. Mis ojos están cerrados, aunque no estoy dormida del todo. Él sólo me dejó dormir hace media hora, pero obviamente soy la única que ha tenido descanso. "¿Qué?"

"Tengo que decirte algo, y necesito que estés totalmente despierta cuando lo diga." Su voz es grave y urgente.

Abro mis ojos, mirándolo. Él se ve desarreglado y delicioso, si yo no estuviera tan agotada. De hecho, ahora que lo pienso, *él* se ve cansado también. "¿Estás bien?"

Él sonríe, pero parece nervioso. "Sí. Es sólo que... te amo."

Sus palabras me roban el aliento. Lo miro por un segundo, tratando de decidir si mi cerebro adormilado inventó este pequeño pedazo de fantasía o no. J se ve incómodo por un segundo.

"¿Vas a decir algo?" me pregunta.

"Yo— ¿Estás seguro?" le pregunto. Quiero desesperadamente decirle que lo amo, pero sólo si él está cien por ciento seguro.

Él frunce el ceño. "¿Que si estoy seguro? ¿Qué clase de pregunta es esa? Claro que lo estoy."

Mis ojos se llenan de lágrimas de inmediato, y mi voz se pone ronca. "¿Estás real y totalmente seguro?"

Jameson envuelve mi cintura con su brazo, acercándome. "Absoluta, completa y totalmente seguro. Te amo, Emma. Creo que te he amado por más tiempo del que puedo admitir, incluso para mí."

"Oh por dios," le susurro, con mis ojos llenos de lágrimas. "También te amo. Te he amado desde que tengo la edad suficiente para saber lo que era el amor, creo."

Presiono mis labios contra los suyos, consciente de las lágrimas cayendo en mi rostro. Su sabor es tan familiar para mí ahora, y lo encuentro más reconfortante que cualquier otra cosa.

Él me mueve para quedar encima de él, y yo me acomodo. Incluso mientras lloro lágrimas de felicidad, meto su pene en mí, montándolo intensamente como sé hacerlo.

Él me aparta las lágrimas a besos lo mejor que puede y me penetra, usando su mano para rozar mi clítoris. Acabamos juntos, gritando, animados por las palabras que hemos aprendido a decirnos el uno al otro.

Mientras Jameson y yo nos acostamos, con nuestra respiración aún agitada, pruebo la nueva frase.

"Te amo," le susurro en su quijada.

Él me mira, "Y yo también te amo."

Me duermo lentamente con una sonrisa en el rostro.

Es sólo **una cena con Gunnar**, me dije a mí misma, nerviosa. Mientras Jameson me lleva al restaurante, me estiro la falda y trato de recordarme que actúe tranquila.

Miro alrededor de las paredes pintadas de color brillantes y el montón de asientos de cuero. La recepcionista se emociona cuando ve a Jameson y nos saluda desde el comedor. Aparentemente Jameson y sus hermanos conocen este lugar Mexicano bastante bien.

"Hola a los dos," dice Gunnar, recostado en uno de los asientos del fondo. Sus ojos bajaron a donde Jameson tiene mi mano, abriéndose por un momento.

Jameson no baja el paso, moviéndose para sentarse frente a su hermano. Me acomodo en el asiento, con mis mejillas poniéndose rojas.

"Hola Gunnar," lo saludo.

Gunnar mira entre nosotros. "Son pareja entonces, ¿no?"

Jameson levanta sus brazos, colocando una a mí alrededor. Está visiblemente tenso. "Sí. ¿Algún problema con eso?"

"¿Conmigo? No." Gunnar sonríe. "*Mazel Tov.*"

Jameson se relaja un poco. "Muy bien entonces."

Levanto mi menú. "¿Las margaritas aquí son buenas? Creo que podríamos probar una."

Jameson me da un apretón apreciativo. "Son excelentes."

El mesero se acerca y Jameson ordena una jarra de margaritas en las rocas. También ordenamos comida, yo pido unas las fajitas de pollo.

"Eso suena bien. ¿Puedo pedir eso también, pero con carne?" pregunta Jameson.

Gunnar pide un burrito de carne molida con guacamole. Cuando el mesero regresa de inmediato con nuestras margaritas, ellos revuelven y sirven. Es divertido cómo los dos hermanos dividen y conquistan la más pequeña de las tareas, con Gunnar acomodando los vasos y Jameson sirviendo un poco del líquido amarillo en cada vaso.

"Gracias," digo cuando Gunnar me entrega mi vaso.

Me recuesto, tomando un sorbo. Arrugo la cara un poco,

ya que el líquido es dulce y amargo a la vez. También tiene un fuerte sabor a tequila.

Gunnar bebe el suyo y suspira, audiblemente contento. Él mira entre nosotros, como si intentara averiguar algo.

"¿Qué?" le pregunto.

"Nada," dice meneando su cabeza. Él parece vacilante.

Miro a Jameson, quien está estudiando la mirada de Gunnar.

"Escúpelo. Puedo ver que quieres decir algo." Jameson zarandea su margarita por la mesa.

Gunnar pone una cara, inclinándose hacia adelante. Nos hace gesto para acercarnos. "¿Cuánto tiempo llevan ustedes... tú sabes, haciendo *esto*?"

"Dos meses. Casi tres hasta ahora, creo." Jameson lo dice totalmente a la defensiva, como si esperara que Gunnar iniciara una pelea.

Bajo la mesa, pongo mi mano en la rodilla de Jameson. Intercambiamos miradas, y trato de decirle en silencio que lo tome con calma.

"¿Y Asher lo sabe?" pregunta Gunnar. Cuando no le damos una respuesta inmediata, él menea su cabeza. "Claro que no. Él se pondría de malas si lo supiera. No es que diga que sea razonable, pero..."

"Tú eres la primera persona a la que le decimos," interrumpo, para controlar el flujo de palabras de ira que estoy segura que Jameson quiere liberar. "Tú eres como la casa principal, y Asher es como la gran mansión lujosa. Tú sabes, los primeros pasos."

Gunnar asiente, juntando sus cejas. Él se parece mucho a Jameson, todo lánguido y gruñón.

"Los dos se parecen mucho," suelto, cambiando de tema.

Eso atrae las dos oscuras miradas hacia mí.

"Bueno, somos hermanos," dice Jameson, bebiendo su trago.

"Aunque trato de negarlo," añade Gunnar." Es difícil cuando esencialmente eres uno de tres clones."

Me agarro a ese tema. "¿Ustedes tienen alguna foto familiar? Quisiera saber cómo se veían."

Jameson frunce el ceño. "Nos parecemos a nuestro papá. Excepto por los ojos... papá tenía ojos azules. Nosotros tenemos los ojos de mamá."

"Y sí, Jameson tiene fotos," añade Gunnar. "Es sólo que no le gusta mostrarlas."

Miro a Jameson. "Tú me las mostrarías, ¿verdad?"

"Si es lo que quieres." Jameson se ve extremadamente incómodo.

Muerdo mi labio. "Quiero saber todo lo que necesite saber de ti. Eso significa que quiero saber de tu pasado. Incluso las partes desagradables."

Jameson hace una risa burlona. "Muy bien."

Abro más mis ojos. "¡Hablo en serio! Quiero saberlo todo."

Justo entonces llega el mesero con nuestros platos de fajitas y el burrito de Gunnar, cada uno aún humeante y oliendo a gloria. Ansioso por una interrupción, Jameson finge estar demasiado interesado en cómo van las fajitas.

Hago contacto visual con Gunnar, quien sólo se encoge de hombros y toma una tortilla de la cesta en la mitad de la mesa."

"¿De dónde son? Digo, sé que han vivido aquí por años, ¿pero de dónde son sus padres? ¿Y los padres de sus padres?"

Jameson mete una enorme tortilla con carne y pimientos en su boca, por lo que deja a Gunnar para responder mi pregunta.

"Ummm... creo que nuestro padre es de Montana. Nuestra madre, quién sabe." Gunnar se encoge de hombros.

Tomo una tortilla, pensando. "Espera, entonces... ¿No

tienen idea de si tienen otros familiares? Nadie ha investigado si tienen otros abuelos o al menos primos regados por el mundo?"

Jameson y Gunnar menean sus cabezas. Me siento algo perpleja.

"¿Cómo es eso posible? Digo, cuando tu abuela murió, ¿ni siquiera revisaron si tenían una tía o un tío por ahí?" pregunto, frustrándome cada vez más.

"No," dice Jameson. El mira su plato, evitando mirarme a los ojos.

"Ella tiene razón, ¿sabes?" dice Gunnar, tomando un sorbo de su trago. "Digo, no es como si las cosas hubieran sido algo diferente. Sé que tuviste bastantes dificultades, Jameson. Pero debimos averiguar algo, ver si habían primos o algo."

Jameson parece poco convencido. "No lo sé. Quizás."

"Podrías tener un montón de parientes y no lo sabes," le digo. "Imagina un cuarto lleno de hombres que se parecen a ustedes."

"Jummm," es todo lo que dirá Jameson del tema.

Yo empiezo a comer, dejando que Gunnar y Jameson cambien el tema a qué bares abrieron recientemente en el área. Definitivamente no olvidaré esto...

Ya estoy haciendo planes de encontrar un historiador que pueda averiguar lo poco que se sepa sobre su pasado. Quizás lo tenga como una sorpresa, y luego si encuentro algo que valga la pena, pueda presentárselo a Jameson como regalo de cumpleaños o algo así.

Mi relación con Jameson y el hecho de que no hemos enfrentado a Asher aún se pierden por completo en medio de la conversación por ahora.

21

JAMESON

"¿Qué pasará si me vuelven a picar?" dice Emma, rascándose la nariz.

Cargo las tablas de surf mientras llegamos a la playa. Han pasado tres semanas desde la última vez que intenté que Emma se montara en una tabla. Ella intentó desalentarme otra vez, pero no le presté atención.

Necesito surfear, y aquí estamos. Entrecierro los ojos hacia Emma mientras caminamos por la playa bajo el sol matutino. Ella lleva un bikini azul oscuro y carga su traje de neopreno; con su cabello oscuro y su pequeña cintura, pienso que se ve como si fuera una estrella de cine.

No le digo eso. No quiero que empiece a pensar en su apariencia, así que sólo le consuelo sus miedos.

"Estarás bien," le digo, sopesando las tablas. "Vas a surfear hoy. Voy a surfear hoy. Y luego tendremos sexo como conejitos. Así de fácil."

Ella pone mala cara, pero mis palabras parecen haberla calmado un poco. "Ya veremos sobre la parte del surfeo. Tú tienes mucha más confianza que yo."

"No es confianza, es sólo sentido común." Llegamos a un

buen punto, justo afuera del vaivén de las olas. Dejo las tablas en la arena. "Sé que puedes levantarte y surfear. Hemos estado aquí tantas veces como para que alguien venga y se meta en tu camino, eso incluye una medusa."

Ella tiembla. "Esperemos que sí. Realmente quisiera sentir cómo es surfear, pero definitivamente no quiero volver a pasar por la picadura de una medusa."

"Bien, porque dejé el vinagre en el carro esta vez." Le guiño el ojo. "Vamos, encarguémonos de esto antes de que el sol se ponga alto."

Levanto una de las tablas de surf y se la ofrezco. Ella la toma, pero se queda detrás de mí mientras me dirijo hacia el agua azul oscura con la otra tabla bajo mi brazo. Puedo sentir lo mucho que ella quiere resistirse, con sus pasos pesados y su expresión gruñona.

"Vamos," le digo gentilmente. Choco contra la fría agua de la mañana, salpicando hasta mis rodillas. "Piensa en lo bien que se sentirá decirle a todos que puedes surfear."

Emma me lanza una mirada escéptica, pero me apresuro a seguir adelante, hundiéndome en la fría marea. Cuando llega hasta mi cintura, volteo a mirar a Emma. Emma está casi metida hasta el pecho. Yo entrecierro los ojos, preguntándome cómo pude olvidar la diferencia de estatura.

Echo un vistazo alrededor, mirando la distancia desde la orilla. "Aquí está bien para tu primera vez."

Ella se ve algo mareada. "Si…"

"Recuerda, sólo tienes que montarte en la tabla," le digo, sosteniendo mi tabla por un borde. "Y luego trata de no caerte."

Emma toma su tabla por un borde, mirando detrás de nosotros. "¿Qué debo buscar en una ola?"

"Las olas están perfectas para surfear el día de hoy. Casi toda la que atrapes serán lo bastante grande para hacerlo."

Ella me mira por un minuto, y apunta a una ola que se dirige hasta acá. "¿Cómo esa?"

"Esa sirve. ¿Estás lista?"

Ella asiente levemente, distraída por montarse en su tabla. La ola pasa, rompiendo justo antes de que llegar a nosotros, mientras que Emma aún no está lista.

"Mierda," murmura.

"Está bien. Ya vendrá otra en un minuto."

Ella suelta un suspiro de frustración, montándose en su tabla de surf. Es casi lindo, ver cómo ella no tiene paciencia para el surf. Fuera de la escuela de leyes, ella no está acostumbrada a hacer otra cosa en la que tenga que trabajar. Verla actualmente tratar y fallar es... bueno, me recuerda que ella es humana.

"Allí viene otra," le apunto. No me molesto por montarme en mi tabla. Este es su momento de brillar.

La ola viene, y ella luce como si estuviera concentrándose fuertemente. Mientras la ola la levanta, la veo luchar un poco, y luego se cae de la tabla. La ola pasa sobre su cabeza, y yo me tuerzo.

Ella regresa a la superficie, escupiendo agua salada. Está algo perpleja. "¡Me caí!"

"Lo vi," le digo, dirigiéndome hacia ella. Busco heridas en ella. "¿Estás bien?"

"Sí. Sólo me duele el orgullo," bromea. "Voy a remar un poco y lo intentaré de nuevo."

Le sonrío. "Esa es mi chica."

Me dejo llevar por su emoción mientras ella va un poco más lejos, y se monta en su tabla de nuevo. Mientras la veo, ella espera que una ola se forme debajo de ella. Ésta empieza a propulsarla hacia la orilla, y ella se levanta sobre su tabla de surf.

Contengo el aliento mientras Emma logra ponerse de

pie, zumbando a mi lado. Mientras va, me grita. "¡Lo estoy haciendo! Jameson, ¡en serio estoy surfeando!"

Ella me mira en lugar del agua frente a ella. Termina resbalándose, cayendo a un lado de su tabla. Yo ya estoy nadando hacia ella cuando se levanta, con su cabello pegado a un lado de su rostro.

Aunque se cayó, ella es todas sonrisas cuando me ve.

"¡Lo hice! Soy terrible surfeando, pero al menos lo hice." Ella me sonríe. Yo la tomo en un abrazo, levantándola.

Sus brazos se acomodan alrededor de mi cuello, y me mira.

"¿Lista para otra ronda?" le pregunto.

"¿Sabes qué? Creo que estoy bien," me dice, encogiendo los hombros. "Honestamente preferiría sentarme y verte surfear mientras bebo algo."

Me río. "Eso es todo, ¿eh?" ¿Tú sólo querías asegurarte de que podías hacerlo?"

"Precisamente." Ella entrecierra los ojos. "Me siento satisfecha."

"Bueno, muy bien entonces," le digo. "¿Te importa si surfeo un rato?"

"Para nada." Ella suelta mis hombros, dando un paso hacia atrás. "Yo estaré en la playa, haciendo algo de yoga."

Mientras observo, ella se da la vuelta y se dirige a la costa, bamboleando su cadera. Yo meneo mi cabeza y me abro paso hacia el océano azul oscuro.

22

JAMESON

Tarde, después de haber tenido sexo desenfrenado, regreso a la habitación con una enorme termo lleno de Agua. Emma está acostaba boca abajo, totalmente desnuda.

No sé lo que dice eso de mí, pero el hecho de que pueda ver rastros borrosos de mis manos en su trasero me excita enormemente. Ella voltea su cabeza hacia un lado, siguiéndome con sus ojos en la habitación. Realmente la agoté bastante, y puedo seguir haciéndolo.

Trato de ignorar mi endurecido pene y concentrarme en cuidar a Emma ahora.

"Bebe," le ordeno, colocando el termo en la cama frente a su rostro.

Ella levanta sus cejas, pero se pone de lado y toma la parte de abajo del termo. Desenroscando la tapa, ella bebe un cuarto de agua. Veo cómo se le escapan unas cuantas gotas, bajando por un lado de su boca, y una trazando su camino hacia su garganta.

Trago saliva al verla. Si mi erección fue tentativa antes, definitivamente no lo es ahora. Ella podría ser mi novia, pero eso no me quita las ganas de follarla visualmente cada vez que la veo. La sed es real, y no creo que vaya a cambiar pronto.

Emma baja la botella de agua y me mira. "¿Contento?"

"No. Entre el día en la playa y un par de horas aquí, creo que necesitas mucho más que eso. No hay forma de que no estés deshidratada ahora."

"¿Y tú no lo estás?" Ella frunce el ceño, pero toma otro sorbo.

"Tienes razón," le digo, sentándome en la cama. "Pásalo."

Ella lo hace, y yo trago media botella en una sentada. Hago un sonido de satisfacción y la devuelvo. Ella suspira y se sienta, tomando la botella. Yo miro sus senos, donde veo mi trabajo presente también, justo alrededor de sus pezones.

Ella bebe de la botella de agua, sin decir nada sobre el hecho de que estoy embelesado mirándola abiertamente. Dejo que mis ojos se desenfoquen por un segundo, y dejo que mi mente imagine un día cuando ella podría no ser tan permisiva de que la asalte una y otra vez. Es en el futuro, seguramente... pero no es tan distante, cuando pienso en ello.

"¿Dónde nos ves saliendo como pareja?"

Las palabras salieron de mi boca antes de que siquiera las pensara. Emma se congela por un segundo, con la boca medio llena de agua. La pasa lentamente.

"Ummm..." dice, arrugando la cara. "¿Te refieres a... generalmente? ¿A qué te refieres?"

Una buena pregunta. ¿Qué estoy buscando exactamente? Me siento como una mujer, teniendo todas estas emociones.

"No lo sé. Yo sólo... te llevé a ver casas en venta porque parecía lo que podía hacer. Y encontramos un grandioso lugar en el que nos veo creciendo juntos. Pero... ¿Qué más estás buscando, en nuestra relación a futuro?"

Ella asiente lentamente. Puedo ver cómo se le mueven los engranajes. "¿Nuestra relación a futuro? Creo... digo, quiero casarme. Quiero tener hijos. Quiero trabajar como abogada. Aparte de eso, no tengo nada más específicamente planeado."

"Hmm," le digo, asintiendo. "Buena respuesta."

"¿Y qué hay de ti? Tú has vivido más que yo," me dice en broma. "¿Seguramente tendrás ya un plan de vida?"

"Bueno, sí. Soy más o menos lo opuesto a ti. Tengo la carrera planeada, y siempre he soñado con tener esa casa en la playa, en lo profundo de mi mente. Pero hasta hace unos meses, no estaba seguro de que terminaría con alguien." Me detengo por un segundo. "Solía pensar en casarme a escondidas, sin que nadie tuviera que enterarse."

Ella se ríe. "Adoro eso de ti."

Entorno mis ojos, con mi rostro empezando a arder. "Sí, bueno. Tú lo arruinaste. Ahora estoy como ¿cuándo es demasiado temprano para proponerme? ¿Cuándo podremos... tú sabes... tener hijos?' Toda esa clase de babosadas."

Su boca perfectamente rosada forma un círculo de sorpresa. "Estás pensando... digo... no me di cuenta de que realmente pensaras a largo plazo. Pensé que si hablaba de eso terminaría molestándote."

Mis oídos arden de un brillante rojo, mientras meneo mi cabeza. "No. O al menos, si me estás molestando, entonces yo también lo haré. Pero... tú sabes que te amo. Y no suelo decirlo, realmente."

Sus ojos se ponen vidriosos por las lágrimas sin salir. "Lo sé. Tienes que saber que también te amo. Tanto que parece una locura."

Me acerco, inclinándome para besarla en los labios. Una voz en mi cabeza ordena que tome sus senos, que sienta su trasero agitarse mientras la azoto. Pero tengo que aprender a callar esa voz de vez en cuando.

Mis labios se curvan hacia arriba, y yo rompo el beso. Ella me mira, intentando imaginar lo que pienso.

"Eso fue muy modesto," dice, dándome palmadas de apreciación. "Me gusta que te pongas serio sobre que me termine el agua."

"La hidratación es importante," le digo con desdén. "Mañana iré a la tienda para comprar algo de Gatorade y agua de coco."

"Qué considerado de tu parte." Ella bebe más agua.

El silencio cae entre nosotros, uno extrañamente cómodo. Me acuesto con mi cabeza sobre sus piernas, y ella lo permite. Veo su rostro, pensando en lo suertudo que soy que sus ojos y su boca sean tan expresivos. Puedo ver cuando ella tiene una idea, porque me mira, como si no estuviera segura si debería compartirla.

"¿Qué?" pregunto. Obviamente la tomo desprevenida, y ella se sonroja.

"Umm." Ella aprieta la tapa de la botella de agua, y la coloca a un lado. Inclinándose un poco, ella pasa sus dedos por mi cabello. "¿Recuerdas cuando rompiste conmigo?"

Me retuerzo por sus palabras. "Sí, claro. Estaba siendo un idiota."

"Estaba muy molesta," dice, apartando la mirada.

"Sí. Lo recuerdo. Lamento el dolor que causé." Tomo su otra mano, entrelazando nuestros dedos. Me siento culpable mientras veo lo pequeños y delicados que son sus dedos en comparación a los míos.

"Pensé..." Toma una pausa, buscando las palabras. Cuando dice lo siguiente, sale apresurado. "Pensé que estaba embarazada. Y pensé que me habías dejado. Y yo sólo... entré en pánico."

Mis dedos se congelan. Estoy alarmado, más de lo que

tuviera el derecho de estar. "Espera, pensé que habías tomado la pastilla."

"Un DIU," me corrige gentilmente. "Y lo tengo. Pero pensé… por un minuto, que podría tener tu bebé."

"¿Sí?" pregunto, porque es lo único que sé decir. Mi boca se siente seca de repente.

"No lo sé. No sé por qué te lo digo, honestamente. Creo que sólo me sentí… algo aliviada, ¿y al mismo algo triste?" admite.

Aprieto sus dedos. "Yo hubiera hecho lo correcto, y lo sabes."

"Sí, pero… me alegra que no resultara así. Creo que siempre he tenido una voz regañona en mi cabeza que se pregunta si tú volverías a mí o no sin el embarazo. De esta forma, sólo lo sé."

Ella destapa la botella de agua, bebiendo casi todo el contenido. Tomo la botella, me la termino, y me levanto.

"Me alegra que funcionara así. Y no creo ni por un segundo que eso me fuera a detener de disfrutar tu cuerpo." Me inclino para besarla. Ella no tenía que decirme eso… ella sólo se sentía lo bastante cómoda para contármelo. No quiero desmotivarla. Me aparto del beso, con mis ojos centelleando. "Creo que vamos a necesitar otra de estas, al menos para seguir."

Ella arquea una ceja. "¿Vamos a seguir?"

"Desde luego," le digo. "Si va a ser a mi manera, lo seguiremos haciendo hasta tener ochenta."

Ella sonríe ampliamente. Yo le sonrío de vuelta, y cargo la botella de agua hacia el pasillo.

23

EMMA

Miro la hora, suspirando. Estoy de pie en la cocina, preparando té y hablando con mi madre por el altavoz. Mi madre se está quejando de que nadie en su club de literatura lee siquiera los libros.

Casi no la estoy escuchando. Mi cabeza está con Jameson, pensando en dónde estará ahora. En este momento, probablemente está sentado en un aburrido salón de clase, presentando su diplomado de educación general. Ha estado estresado por eso en los últimos días, aunque no lo dice.

Sé que él es listo y capaz sin importar qué, pero necesito que pase esta prueba para que lo sepa también. Hundo la bolsita de té en mi taza, suspirando de nuevo.

"Emmaline, ¿siquiera estás escuchando?" me regaña mi madre. Su voz desde el altavoz es metálica.

Yo me enderezo. "Ah, sí. Definitivamente."

"Te acabo de decir que quieras o no, vendrás a la fiesta del Día del Trabajo que tu padre y yo hacemos cada año. Creo que habrán muchos pretendientes allí…"

Aclaro mi garganta. "Ya hablamos de esto, madre. No te

permito que arregles nada para mí con los hijos de tus amigos. No después de lo que pasó la última vez."

Ella refunfuña. "Rich fue sólo un percance. Te prometo que hay un montón de otros pretendientes."

"Ya te lo he dicho en repetidas ocasiones, estoy saliendo con alguien más." Dejo que un tono de frustración se asome en mi voz.

"Querida, sólo quiero ver que encuentres a la persona con la que te casarás pronto. Estoy segura que estás saliendo con alguien muy amable, pero asumo que carece de pedigree. Y el pedigree lo es todo cuando creces."

Entorno mis ojos. "No tienes idea de la clase de persona con la que estoy saliendo. Ni siquiera sabes lo que yo *quiero*."

"Emmaline," suspira mi madre. "Si él es en serio tan genial, ya deberías haberlo traído y presentármelo. A decir verdad."

Sus palabras me toman por sorpresa. ¿Será cierto? ¿Le he estado escondiendo a Jameson intencionalmente?

"Yo sólo... no estoy lista para *introducirte* en *su* vida aún. Tú eres un problema, madre." Esa parte es bastante cierta, también.

La voz de mi madre se torna brusca. "Oh, por favor. Sólo estás preocupada de que tu nuevo novio no cumpla con mis estándares. Realmente crees que puedes vivir en tu pequeña burbuja, y no ver las verdaderas oportunidades que te da la vida."

"¿Disculpa? Perdón, pero no logro entender exactamente lo que dices."

"Me refiero al hecho de que tu padre y yo no hablemos con tu hermano pudo haberte llevado a creer que puedes vivir tu vida de cualquier forma sin repercusiones. Pero ambos sabemos que cuando se trata de lo que importa — cuando se trata de dinero — tú no sabes ni por dónde empezar. No te crié para que fueras una chica tan estúpida, Emmaline."

Estoy pasmada por sus palabras. Me alegra que ella esté sólo por el teléfono y no aquí en persona, porque estoy segura de que tengo una mirada muy amarga en mi rostro.

"Tengo que irme," le digo, tratando de evitar que la rabia salga por mi voz. "Siempre es bueno hablar contigo, madre."

"Emmaline—"

Cuelgo la llamada, con las manos temblorosas. No puedo creerlo, de verdad que no. Nunca había pensado sobre cuán dependiente soy del dinero de mi familia antes, pero mi madre dejó muy claro que no tiene problema en usar el dinero como una cadena para atarme al lado de la familia.

Mi madre parece asumir que yo automáticamente me doblegaré a su voluntad cuando ella dé el latigazo, incluso si eso significa salir con alguien que ella apruebe.

¿Qué demonios se supone que haga con eso? Tengo que hacer algo pronto para hacerle saber que no me acobardaré... es sólo que no sé qué hacer exactamente.

Mi teléfono vibra. Cuando reviso, es un mensaje de Jameson.

Terminé y estoy en camino a verte, dice.

Suelto un aliento agitado. Boto mi té frío en el fregadero, enfocándome en vestirme y alistarme. Después de todo, Jameson vendrá a casa, y quiero celebrar con él. Probablemente sea muy pronto para hacerlo sin saber aún los resultados, pero hoy ya ha hecho un gran esfuerzo.

Me pongo un vestido blanco de algodón, pensando que ni siquiera estará sobre mi cuerpo por mucho. Tengo un montón de cosas pasando en mi cabeza ahora, pero necesito dejarlas a un lado. Ahora, sólo necesito enfocarme en apoyar a mi novio.

Cuando escucho abrir la puerta, saco mi cabeza de la

habitación. Jameson está sonriendo de oreja a oreja, lanzándose hacia mí. Yo chillo mientras me levanta para besarme, dándome vueltas. Su beso es dulce, lento y cálido.

Cuando me aparto, lo miro con una sonrisa. "¿Estás emocionado por haber terminado el diplomado?"

Él me besa de nuevo, asintiendo. "Esa es una de las razones por las que estoy emocionado."

Me río mientras él me lleva hacia la habitación, lanzándose sobre la cama y acurrucándome en sus brazos. "¿Hay algo más qué celebrar?"

Jameson besa mi clavícula, bajando hasta mi escote. Al mismo tiempo, cambia su peso sobre la cama y desliza su mano sobre mi muslo. "Sí. Dos cosas. Bueno... tres."

"¿Y cuáles son esas tres cosas, exactamente?"

Me muerdo el labio mientras continúa su exploración por mi falda, jugando con el borde de mis pantis. Aparta su cabeza hacia atrás para mirarme.

"Uno, llevas este vestido puesto, y estoy aquí para verlo. Si esa no es una razón, no sé qué otra cosa podría serlo."

Sonrío con altanería. "Sí, muy bien. ¿Qué más?"

"Bueno..." dice, acercando su mano para apartar el cabello de mi cuello. Coloca un recatado beso allí, pero su barba corta raspa mi piel suavemente, haciéndome temblar. "Hice una oferta por la casa ayer en la mañana... y hoy, me dieron respuesta."

Me siento, alerta de repente. "Espera, ¿hiciste una oferta? ¿Qué dijeron?"

El rostro de Jameson se parte en una sonrisa. "Dijeron que sí. Estás viendo al dueño de una casa."

Lanzo mis brazos alrededor de su cuello y lo abrazo, sonriendo tan fuerte que prácticamente duele. "¡Oh por dios! ¡Esas son maravillosas noticias!"

"Sí. Tenemos un plazo de cierre de treinta días, y luego recibiré las llaves. Estoy muy emocionado por eso."

"Uh, *sí*," le digo, retrocediendo para verlo. "¡Serás el propietario de una casa! ¡Felicidades!"

Él sonríe algo tímido. "Gracias. Tomar la prueba del diplomado, comprar una casa... Siento como que mi vida ya está tomando la dirección correcta."

"Estoy tan, tan orgullosa de ti." Le sonrío ampliamente. "Muy, muy orgullosa. Te presentaré ante la gente como mi novio, Y el propietario de una casa. 'Perdona, ¿has conocido a mi novio con su casa? Él es asombroso.'"

"Sólo si te puedo llamar mi novia de la escuela de leyes. Tú sabes, para balancear las cosas." Jameson pasa un dedo bajo la tira de mi vestido, tirándola por mi hombro.

"Hmmm," murmuro. "Espera, ¿no había una tercera cosa que debías celebrar? No puedo esperar a escucharlo."

Él me mira con tono juguetón. "Tendrás que esperar un poco. Pero te prometo que valdrá la pena."

La mirada en sus ojos me promete más que eso. Me sonrojo, lo cual me hace sentir totalmente ridícula después de todo lo que hemos pasado juntos.

"¿Estás seguro?" le pregunto, entrelazando mis dedos con los suyos. "Quiero decir, no tendrás que esperar por mí."

Él sonríe. "Te prometo que valdrá la pena cuando finalmente te lo diga."

Antes de que pudiera decir algo más, él me quita las pantis de las piernas y toma mi boca con la suya.

24

EMMA

Me inclino para besar antes de siquiera estar segura de lo que está pasando. Su mano se acopla en mi barbilla y controla mi cabeza. Con mi mirada levantada hacia él, sus labios están sobre los mías. Puedo probar nada más que su sabor, limpio, masculino, y puro.

Cuando su lengua se desliza entre mis labios, suelto un gemido, encontrándolo con la mía. Mi espalda se arquea y mi pecho se presiona contra él. Él explora las líneas de la piel sedosa de mi cadera, y lentamente baja más y más. Prolongando cada segundo de esta manera, esto termina siendo una exquisita tortura.

Quito la chaqueta de sus hombros con ansias mientras él toma mi pierna y la acomoda sobre su regazo, dejándome expuesta. Su mano pasa hasta mi centro, presionando y apretando mi muslo mientras sigue.

Cuando sus dedos rozan mi entrada, él me encuentra ya húmeda.

"¿Esto?" dice, con su voz algo ronca. Juega con mi entrada de nuevo con el más ligero de los roces. "Esto es mío."

No puedo hacer más que jadear y asentir.

Él sonríe y aprieta mi trasero mientras me levanta sobre sus piernas. Me monto sobre él, siento su pene entre mis piernas, atrapado en sus jeans. Estoy mojada, pero no puedo evitar moverme contra él. Aún a través de sus pantalones, siento su cálido toque, y estoy lista para quitarnos el resto de la ropa y tener sexo en este instante.

Nunca es así de fácil o rápido con Jameson. Le gusta hacerlo lento, jugar conmigo y torturarme.

Su boca se mueve desde mis labios hasta mi quijada y baja por mi cuello. El ligero algodón del cuello de mi vestido lo detiene, y él gruñe. Con una mano — la otra sigue firme en mi parte trasera — mueve los tirantes por mis brazos, desnudándome hasta la cintura. El vestido cae rápidamente y expone mis senos.

Una parte de mí se siente tímida de repente, aún cuando esto no se parece en nada a nuestra primera vez juntos. Jameson sonríe al verme avergonzada. "¿Sabes que probablemente eres la chica más hermosa que haya visto?"

Su mano serpentea bajo los pliegues del vestido, el cual está colgando de mi cuerpo en la cintura. Me levanta sobre él para que mis pezones encuentren su boca. Siento sus dedos hundiéndose en mis nalgas, cerrando peligrosamente mi vagina, mientras el calor de su boca consume un pezón y luego el otro.

Tiemblo mientras siento mis pezones endurecerse en su lengua. Quiero desesperadamente que vaya más abajo, que pueda frotarme contra su pene de nuevo, pero él me mantiene firme a unos centímetros de sus piernas.

Me agito, y las manos que sujetan mi trasero desnudo se acercan a mi centro. Sus dedos abren lenta y cuidadosamente mi entrada. Las ganas de liberarme son insoportables.

"Maldición, estás muy mojada," me dice aún chupando mis pezones.

"Deja de jugar conmigo," le digo, frustrada.

"¿Esto es lo que quieres?" Me pregunta mientras me baja.

En lugar de soltarme por completo, él desliza un dedo en mi vagina y presiona su pulgar contra mi clítoris. Tiemblo por la sorpresa — y el placer de tener una parte de él dentro de mí.

No puedo lograr responder, pero me muevo contra su mano ansiosa. Sus manos son hábiles, con movimientos prácticos acariciando mi punto G y con la presión suficiente sobre mi clítoris para llevarme a medio camino hacia el orgasmo. Pero hasta el final.

Lo beso profundamente, cerrando mis ojos. Todo lo que quiero es acabar.

"Relájate," me dice. "Disfruta el viaje, princesa."

Hay una parte de mí que piensa que quizás él sólo se detendrá. Quizás sea todo un juego, un viaje. Me muevo más duro en su mano, levantando mi cabeza, y ofreciendo mis senos a sus labios nuevamente. Él me azota una vez en el trasero, muy fuerte.

"Te dije que te relajes," me gruñe.

La nalgada me sorprende, pero mientras el golpe se desvanece y siento cómo mi trasero se vuelve rojo, un nuevo torrente de humedad explota entre mis piernas. Mi vagina está que arde, y lo necesito como nunca lo había necesitado antes.

Él saca su dedo de mi vagina y me voltea en mi espalda. El frío de la cama desgasta mi piel. Él se arrodilla y abre mis piernas.

"Eres de verdad deslumbrante," me dice. "Y estoy a punto de arrasar contigo."

Sonrío y dejo caer mi cabeza mientras él baja a besos

hasta mis piernas. Cuando llega a mi vientre, sigue besando, dibujando con su lengua sobre mi sudorosa piel. Se acerca a probarme, saboreando realmente mi vagina, y aún así retrocede.

Meneo mi cabeza adelante y atrás, lista para estallar.

"¡Maldición! ¡Jameson, vamos!" grito, lanzando mis puños.

"¿Qué deseas?" me pregunta, con una sonrisa pícara.

"Jameson, *por favor*," le digo, arqueando mi espalda lo más que puedo.

Muerdo mi labio mientras él sopla ligeramente mi clítoris.

"Quiero que comas mi... que te comas mi vagina," le digo, poniéndome roja mientras suelto cada palabra.

"Buena chica." Sonríe antes de bajarse hasta mi carne.

Su lengua pasa por mi clítoris, lenta y firmemente, antes de hundirse en lo más profundo de mis pliegues. Yo grito y hundo mis dedos en su cabello para mantenerlo cerca a mí.

"Oh, dios. ¡¡Oh, Jameson!!" Mientras mueve su lengua más rápido, no puedo parar de gritar su nombre. Cuando desliza un dedo dentro de mí de nuevo, yo tomo mis senos y pellizco mis pezones.

No quiero acabar, no así. No sin darle una muestra de su propia medicina.

"Quiero saborearte," le susurro, sin aliento. Él saca su dedo de mi cuerpo y deja un conjunto de besos en mi clítoris.

"¿Y qué hay de ti? ¿No quieres acabar?" pregunta, mientras se desabrocha su pantalón y yo me quito totalmente el vestido.

"Quiero hacerte sentir bien primero... y luego quiero que ambos acabemos juntos," le digo.

Cuando él se baja el cierre y me muestra su pene, muerdo mi labio. Sé que lo había visto bien antes, pero su pene es tan perfecto, tan grueso y largo, tan perfectamente rosado. Las ganas que palpitan dentro de mí no han parado.

Acerco mi mano, pero él me detiene.

"¿Qué tal un pequeño postre?" pregunta, y saca una lata de crema batida de algún lugar del suelo.

"Si," le digo, con mi excitación creciendo a cada momento.

El esparce la fría y pegajosa crema entre mis senos — y por todo su miembro. Se monta en mi pecho y toma mis manos con los suyas.

"Presiona tus senos," me anima. "Están demasiado buenas, ¿lo sabías?"

Me sonrojo, ansiosamente presionando mis pechos entre ellos. Tan pronto lo hago, él desliza su pene entre mis senos, con la punta llegando a mi boca. Yo lo lamo como una criatura hambrienta. El calor de su miembro entre mis senos y la dulzura de la crema batida con su propio sabor es en cierto modo algo intoxicante.

Él deja una mano suelta en mi cabeza y acaricia mi mejilla mientras me ve tomarlo más y más en mi boca. Se levanta, aparta mis manos de mis senos, se inclina y me besa. Lame cada pizca de crema, de mis labios y mis pezones duros.

"Cada parte de ti sabe muy bien," me susurra. Quiero decirle lo mismo, pero mi quijada me duele y mis labios están entumecidos de chupar sólo los pocos centímetros que me dio.

Levantándose, él se estira en un momento.

Me río. "¿Qué haces?"

"Quiero follarte apropiadamente," dice. "Tengo que mantenerme flexible, ¿sabes?"

Su sonrisa es contagiosa. Le sonrío de vuelta, moviendo un dedo. "Ven aquí."

Jameson se monta en la cama, colocándose sobre mí.

Cuando él me penetra, estoy sorprendentemente apretada. Se siente jodidamente bien. Siento cada centímetro de él mientras empuja su largo y orgulloso pene en mi cuerpo.

"¿Estás bien?" me pregunta.

"Sí, sí," jadeo en su oído. "Por favor... quiero que me folles. *Por favor*, Jameson."

Él hunde su rostro en mi cuello e inhala mi perfume. Se toma su tiempo, deslizándose dentro y fuera de mi vagina con tanta lentitud.

Cuando juega conmigo, prolongando con su punta dentro de mí, yo lucho y ordeno que vaya más profundo. Cada vez que toca mi punto G, yo araño su espalda y grito su nombre.

"¡Jameson, sí! Oh, no te detengas."

Estoy tan mojada que es casi increíble. Él me besa, desacelerando aunque le digo que no lo haga.

"No tan rápido. Quiero que tú lo vayas metiendo lentamente. Móntame," dice. "Quiero verte."

Muerdo mi labio, y él cambia nuestras posiciones. Sobre su espalda, él me ve montarlo. Mi cabello desarreglado, cuelga en ondas sobre mis senos. Él levanta una mano, aparta el cabello a un lado, y tira de mis pezones. Miro hacia abajo y tomo su pene para traerlo hacia mi entrada.

El mueve sus manos a mis caderas.

"Lento," me dice. "Recuerda lo que te dije."

Dejo que mi peso caiga sobre él, pero me retiene. Me sonrojo de nuevo. Él parece querer verme tomar su pene en mi vagina.

"Por favor," le susurro cuando está a medio camino. Él me baja fuertemente. Yo lanzo mi cabeza hacia atrás y grito su nombre.

Mis uñas se hunden en su pecho y él agarra mi trasero mientras lo monto. Es perfecto, los dos nos movemos como uno, con nuestras respiraciones agitadas. Mis senos rebotan salvajemente. Cada parte de su piel se siente como seda bajo la punta de mis dedos. Mi humedad es tan intensa que gotea entre sus piernas.

Mis ojos se cierran fuertemente, mientras bailo sobre él.

"Mírame," me dice.

Abro mis ojos y él puede notar que estoy cerca.

"Te amo, te amo demasiado," me dice, con sus intensos ojos oscuros en los míos.

"También te amo," le susurro, con mi aliento entrecortado.

Él me empuja hacia arriba y enrolla mis piernas alrededor de su espalda. Desde aquí, él tiene todo el control — y mis pezones están alineados nuevamente con su rostro.

Me sube y me baja sobre su pene, mientras cubre mi pecho con marcas que más tarde se convertirán en moretones. Yo rasgo su espalda con mis uñas, marcándolo a mi manera.

Mis piernas se trancan a su alrededor, con su regazo lleno de mis fluidos.

"Yo—" jadeo. "Estoy a punto de…"

Él puede sentir como mi orgasmo empezar a cubrirme mientras el calor de mi vientre lo aprieta. Es lo suficiente para ponerlo al límite mientras acaba conmigo. Cuando él explota dentro de mí, yo grito fuertemente.

"¡Maldición! Emma, por dios," susurra.

Me estremezco sobre él mientras suelto lo último de mi orgasmo. Él besa mi cuello gentilmente, antes de tomar mis labios.

Jameson se acuesta a mi lado, alineando nuestros cuerpos y abrazándome mientras lucho por respirar. Él está respirando fuerte también, pero besa mi cuello, mi hombro, la curva de mi seno. Cada beso es una marca ardiente, causando un temblor que cruza mi cuerpo exhausto.

Quiero pedirle que se detenga, pero también quiero

tenerlo de nuevo, ahora. Hay algo en él que me hace insaciable. Me mira, y presiona un beso en mis labios.

"Mierda," dice suavemente, haciendo contacto visual conmigo.

No puedo evitar reírme un poco. "¿Qué?"

"Es sólo... quería hacer esto después, después de preguntarle a tu padre..." se sienta, buscando en el suelo. "No puedo esperar. No contigo."

Me levanto sobre un codo, inclinando mi cabeza. "¿De qué estás hablando?"

Jameson se pone sus boxers y sigue buscando, aunque no puedo ni siquiera imaginar qué está buscando. Finalmente encuentra sus pantalones desechados, sacando algo.

Cuando se da la vuelta, me dice, "Seguro querrás estar sentada para esto."

Me siento, tomando una almohada para poner sobre mis piernas. "Perdón, ¿para qué exactamente?"

Luego Jameson se pone en una rodilla, con una mirada solemne en su rostro. Estoy totalmente confundida por un segundo, hasta que me muestra una pequeña caja de anillo de terciopelo negro. Mis manos vuelan hasta mi boca, y me quedo mirándolo.

Él abre la caja. Dentro, un diamante perfecto brilla, con un conjunto de esmeraldas con diamantes a los lados. No puedo siquiera procesarlo.

"¿Qué?" susurro. "Oh, Jameson..."

Él me calla. "Shh, déjame hacerlo apropiadamente. Emma Alderisi, has sabido por años lo que yo apenas me di cuenta recientemente. Estamos hechos el uno para el otro. Lo sé dentro de mí. Eres lista, amable, y siempre me cuidas la espalda. ¿Tomarías también mi apellido?"

Estoy tan sorprendida, que mi boca queda colgando. Jameson me da una amplia sonrisa, y hace la pregunta.

"Emma, ¿te casarías conmigo?"

Mis ojos se llenan de lágrimas, y tengo que abanicarme mientras asiento. "Sí. Oh por dios, sí."

El saca el anillo de la caja, haciéndome señas para darle mi mano. Lo hago, con lágrimas rodando por mi rostro. Él sigue sonriendo mientras pone el anillo en mi dedo.

Yo me lanzo de la cama hacia sus brazos, derribándolo contra el suelo. Él se ríe fuertemente, un sonido bastante encantador. Luego no puede hacer nada más que sonreír mientras cubro su rostro entero con besos.

"Te amo," le digo, besando sus labios frenéticamente.

Él intenta decir algo, probablemente *también te amo*. Pero no lo escucho. Este hombre, este maravilloso hombre quien completa todo mi mundo, tiene muchos más besos para recibir.

Y resulta que soy la chica afortunada que tiene que dárselos.

25

EMMA

Suspiro, volteándome a ver a Jameson. Es muy tarde, o quizás muy temprano. Las lámparas de la calle lanzan su brillo hacia su rostro, y las cortinas en la ventana hacen que se vean en pequeñas líneas.

La luz se refleja en mi anillo de compromiso mientras me doy la vuelta, lanzando un arcoíris en la cama. Muerdo mi labio. Aún no me acostumbro a la idea de pertenecerle, o de llevar su anillo.

Restriego mi rostro en el anillo. No es como si nadie pudiera quitármelo o algo... pero cabe preguntar qué dirá Asher. O mis padres.

O cualquiera, de hecho. Digo, no he intentado ocultárselo a nadie. Ha sido un desafío salir de la habitación los últimos días. Cada vez que me levanto, Jameson me atrapa con un anzuelo que funciona todo el tiempo.

Me sonrojo, recordando todas las horas de cálido y sudoroso sexo. Y es Jameson — siendo realista, el sexo podría sólo estar bien y yo seguiría sorprendida de que finalmente me escogió. El hecho de que pusiera un anillo en mi dedo fue...

Ni siquiera sé cómo ponerlo en palabras para explicarle a alguien lo jodidamente feliz que me siento. Si le preguntas a mi yo de trece años que vio como los acontecimientos se fueron desarrollando entre Jameson y yo, nunca hubiera imaginado que todo terminaría en este escenario. Así se emocionada siento.

Pero aún estoy preocupada. Preocupada por cómo reaccionará Asher, que podría pasar más allá de sólo gritar. Preocupada de que mis padres espanten a Jameson de alguna forma.

Suspiro de nuevo, y Jameson abre un ojo. "¿Estás suspirando pasiva-agresivamente hacia mí, o estás preocupada por algo?"

Me pongo rosada. "Ohhh, ¡perdón! No, no estoy siendo pasiva-agresiva. No me di cuenta de que podías escucharme."

Él abre sus ojos un poco más, moviéndose para sentarse. "¿Qué pasa por tu mente, mi futura esposa?"

"No te gustará."

"Ya estoy despierto a las cuatro de la mañana. Obviamente es lo suficientemente importante como para quitarte el sueño después de varias horas de sexo. Así que, ¿me vas a decir que es?"

Miro la cama, trazando un ocho entre las sábanas. "Yo... estoy algo preocupada sobre lo que Asher hará cuando se entere. Digo... no quiero que nada pase entre nosotros, ¿sabes?"

Sus cejas se fruncen. "¿Estás preocupada de que algo me haga cambiar de opinión?"

"No. Bueno, tal vez. No lo sé." Me rehúso a mirarlo, aunque puedo sentir sus ojos sobre mí.

Él me acerca, usando dos dedos para levantar mi barbilla. Miro sus ojos marrón oscuro, tan perplejos en mí en este momento.

"¿Qué podría hacer él? No puedo imaginar una sola cosa que Asher pudiera hacer que cambiaría cómo me siento aquí." Él se toca el pecho. "Sé que te decepcioné antes—"

Mis ojos se llenan de lágrimas y mis labios empiezan a temblar. "Ustedes han tenido mucha historia juntos... ¿Cómo puedo esperar superar eso?"

Él sonríe. "Tú lo has superado. Eso es lo que no entiendes, creo. Yo estoy dentro, Em... Estoy metido en esto, contigo, para siempre. Fin de la historia."

"Jameson—" le susurro, con una lágrima cayendo por mi rostro. Amo lo que está diciendo, pero estoy asustada al mismo tiempo. "No lo digas. No quiero que hables en serio, no totalmente. ¿Qué pasaría — qué pasaría si mis padres son horribles y groseros contigo? ¿Qué pasaría si Asher no te volviera a hablar más nunca? ¿Qué pasaría s —"

Me detengo, conteniendo un sollozo. Jameson aparta la lágrima de mi rostro y me besa muy gentilmente en mis labios.

"Shh," dice, reconfortándome. "Sé que te lastimo. Y deseo cada maldito día no volver a hacerlo. Es sólo que... me di cuenta de que tenías razón."

Me quedo sollozando en sus brazos. Cuando hablo, todo sale muy ahogado, y quebrantado por los hipidos. "¿La... la tenía?"

Él aparta el cabello de mi frente. "Sí. Me preguntaste cuándo iba a dejar de deberle a Asher. No lo había pensado en ese entonces, pero luego... me di cuenta de que tenías razón. Tengo la sensación de que casi siempre tienes la razón en estas cosas."

Yo me acerco hacia su cuello, inhalando una enorme bocanada de su aroma. Trato de calmarme lo más que pueda. "Oh."

Él besa la punta de mi cabeza. Trato de considerar las palabras de Jameson con el alboroto que llevo dentro recientemente, pero es difícil. Me hundo más en su cuello, con mis pestañas tornándose pesadas.

Debí haberme quedado dormida, porque lo siguiente que recuerdo, es que estaba parpadeando contra la luz de la mañana. Jameson no estaba en ningún lado, pero cuando extiendo mi mano, su puesto en la cama sigue cálido. Me siento, algo desorientada.

Jameson entra con dos tazas de café. No lleva nada más que sus boxers, y por un segundo me pregunté cómo demonios tuve tanta suerte.

Digo, este es el hombre que supuestamente me traerá café por el resto de mi maldita vida. No parece cierto, pero de alguna forma me está pasando.

"Toma," dice, entregándome una taza. Se sienta a mi lado, y miro mi café. Está humeante, de un grueso color marrón, y huele de maravilla.

"Estás despierto," le digo, mirándolo con sospecha. "¿Qué sucede?"

Él me da una sonrisa cómplice. "Me desperté justo antes que tú. Y estaba pensando en lo que dijiste anoche, de que seguías estresada por lo de decirle a tu hermano."

Asiento, soplando mi café antes de tomar un sorbo muy caliente.

"Sí. Literalmente me mantiene despierta en las noches."

Él inhala profundo. "Bueno, creo que ya deberíamos decirle. Salir de eso."

Lo miro, algo preocupada. "¿Crees? Digo, no quiero infectarte con mis preocupaciones."

Jameson coloca su enorme mano sobre mi rodilla. "Tus preocupaciones son mías ahora. Además, esconder nuestra relación de él es infantil."

Muerdo mi labio inferior, pensándolo. "Creo que tienes razón. Pero me parece tan difícil. Como... preferiría evitarlo, si fuera posible. Sólo esconderme contigo por siempre, y nunca salir."

Su hoyuelo aparece. "Sí, también quisiera eso. Pero esa no es una opción real, así que... lo mejor es que acabemos con eso. Digo, asumiendo que vendrás conmigo. No sé si yo pudiera, de ser tú."

Volteo mis ojos. "Claro que iré contigo. Pienso que eso reducirá tus probabilidades de caerte a golpes en la calle, de cualquier forma."

"Oye, la única vez que hice eso fue por ti," dice, pero puedo notar que estaba bromeando.

"¿Aún no te lo he agradecido?" le pregunto, acercándome lo bastante para besar su hombro. "Te lo agradezco."

"Recuerda esa sensación, porque pienso que deberíamos ir al Cure ahora. Le envié un mensaje a Asher para saber dónde estará, y aparentemente está haciendo inventario allá mientras hablamos."

Me dan escalofríos, aunque sé que es algo que tenemos que hacer. Suspiro. "¿Y por eso el café?"

"Sí." Le da palmadas a mi rodilla. "Luego, haremos algo divertido. Como las canchas de bateo, los carritos o algo."

Le lanzo una mirada. "¿Habrá helado de por medio?"

Él sonríe. "Cada sabor que puedas imaginar."

"Uuummm, okey. Me vestiré." Lo golpeo en el trasero cuando se levanta, tomándome un segundo más apreciar lo maravillosamente atractivo que es.

Bebo mi café y me pongo un vestido azul. Estoy nerviosa más allá de las palabras mientras Jameson maneja hacia el Cure, mirando la distancia. No puedo evitar las ideas que llenan mi mente.

¿Qué dirá Asher? Parece poco probable que me vaya a sorprender simplemente aceptando nuestra nueva relación.

Miro a Jameson. Honestamente estoy más preocupada por el efecto que tendrán las palabras de Asher en él. De hecho, preocupada no es la palabra. Es más a un nivel diferente de pavor.

Jameson dice todas las cosas correctas, sobre cómo está metido en esta relación. ¿Pero qué pasaría si su corazón no está metido cuando enfrentemos a Asher?

Jameson estaciona en la parte trasera, y yo tomo aire. Él me lleva por el callejón hacia el patio, y hacia las puertas de vidrio ahumado. Él usas sus llaves y abre la puerta, esperando que yo entre primero.

Yo doy un paso al frente, parpadeando por las brillantes luces del techo. Es sábado por la mañana, así que el bar está totalmente vacío. Hay cajas de licor apiladas en el bar, fuera de lugar.

"¿Hola?" llamo, tratando de no dejar que mi voz tiemble.

Jameson le da un apretón a mi brazo, pasando a mi lado. La cabeza rubia de Asher sale de la oficina, frunciendo el ceño. "Jameson, hola. ¿Qué haces aquí, Em?"

Aclaro mi garganta, siguiendo a Jameson. "Vine con Jameson."

Asher mira entre Jameson y yo, confundido. "¿Okey?"

"Tenemos algo que decirte," dice Jameson, con una expresión dificil de leer. Parece ya endurecido, preparándose para lo que sea que vaya a pasar.

Jameson pone una mano encima de mí. Lo tomo como si fuera una línea de aire y me estuviera hundiendo en el grande y profundo mar.

"Tú—" Asher sale de la oficina, con la mirada fija en nuestras manos apretadas. "No. Ni hablar."

Él mira a Jameson, con expresión de exigir una explicación.

"Estamos saliendo," digo yo. Jameson me mira de reojo.

"De hecho, estamos comprometidos," dice Jameson.

Asher parece aturdido por un momento, apretando sus puños. "¿Están— ¿es esto una broma? No es gracioso."

"Es bastante real," le digo, levantando mi mano izquierda. "Jameson lo hizo oficial hace unos días."

"Jameson— Emma— ¿Qué demonios?" dice Asher, con la ira saliendo de su voz. "¿Cómo pudo pasar esto?"

Me acerco a Jameson, con mis mejillas ardiendo. "Tenías que saber lo que he sentido por Jameson todos estos años."

Jameson interrumpe. "Lamento que rompiéramos tu regla, pero no lamento encontrar la felicidad con Emma. Ella me hace feliz, Asher."

Por un segundo, creí que Asher estaba a punto de perder los estribos. Cada músculo en su cuerpo estaba firmemente apretado, y estaba mirando a Jameson como si lo hubiera traicionado. Cuando habla, lo hace con una rabia casi contenida.

"Ya siento que ni te conozco," le dice a Jameson. "Lo he sentido por un tiempo—"

"¿Hablas de cuando regresaste con Evie y no me necesitaste más?" gruñe Jameson.

Si las miradas mataran, la que pasaba entre Jameson y Asher justo ahora podría ser fatal, sin duda alguna.

Asher me apunta con la mirada. "Nuestros padres nunca lo permitirán."

Eso es bajo, hasta para él. ¡Asher ni siquiera habla con nuestros padres! "¿En serio? ¿Esa es tu táctica? ¿Invocar lo que podrían hacer nuestros padres?"

"Les diré," amenaza Asher. "Les diré que estás tan confundida que piensas que te casarás con él. Tú sabes que él es — ¡él no es como nosotros!"

"¿Qué? ¿Adinerado y privilegiado?" le respondo. "Jameson está bien para mí así."

Asher lanza una mirada a Jameson. "Básicamente estás garantizando que el Cure no dure otro año. Lo sabes, ¿no?"

Jameson lo fulmina con la mirada. "¿Y quién crees que hizo este lugar tan grandioso? No fuiste tú, de eso es seguro.

Si el Cure se cae, yo sólo iniciaré otro negocio. Uno que no esté atado a tu sucio dinero familiar."

"¡Suficiente! ¡Ustedes me están volviendo loco!" grita Asher, cruzando entre nosotros, dirigiéndose a la puerta principal. "Buena suerte de no derrumbar este lugar."

Mientras miro, Asher abre la puerta de golpe, y sale del edificio. Miro a Jameson, con mis ojos algo abiertos.

"¿Acaba de renunciar al negocio?" le pregunto.

"Sí, eso creo," dice Jameson. "Y... odio decir esto, pero mejor deberías llamar a tus padres. Decirles que quieres que nos veamos lo más pronto que puedas. Creo que lo mejor sería decirles sobre nuestro compromiso, en lugar de escuchar a Asher escupiendo al respecto."

Oh, Dios. Mucha gente se molestará conmigo, y en poco tiempo. Siento un gran nudo en mi garganta.

Inhala profundo, y exhala todo. Muerdo mi labio, sujetando el brazo de Jameson. "¿Estás bien?"

Jameson mira al suelo. "Sí. Digo, apesta que mi mejor amigo actuara así, pero... estoy bien."

"Lamento que Asher sea un idiota. Tú no mereces eso, para nada." Entrelazo mis dedos con los suyos, dándole un apretón a su mano.

Jameson se encoge de hombros. "Honestamente, me fue mejor de lo que esperaba. Pensé que me iba a golpear y a decir cosas horribles. En vez de eso, sólo dijo cosas horribles."

Le doy una vaga sonrisa. "Lo sé. Aún así... lo siento, de todas formas."

Él se inclina para besarme, lenta y candentemente, haciendo que se enrosquen los dedos de mis pies. "Aún te tengo a ti. Asher volverá tarde o temprano, o quizás no. Pero aún así, yo sigo teniendo a la chica. Soy quien gana aquí, creo."

Le sonrío, con mi corazón rebosante. "Te amo, de verdad."

"Y yo a ti. Te lo sigo diciendo, estoy en esto hasta el final."

Y por primera vez, de pie en el Cure, me dejo a mí misma realmente creer en él.

JAMESON

*E*nderezo mi corbata otra vez mientras entramos al Lyre, el lujoso restaurante que los padres de Emma eligieron para encontrarse con ella. Mientras ella da su nombre en la recepción y nos guían hasta nuestra mesa al fondo del lugar, no puedo evitar sentir mi corazón acelerarse.

Coloco mi mano en la parte baja de la espalda de Emma al caminar, desconcertado. Ella está vistiendo un vestido amarillo limón y yo un traje completo. Maldita sea, estoy sudando y no es por calor. No quiero demostrarlo, pero en mi cabeza estoy temblando del miedo.

Sé que esto probablemente pasará. Probablemente sus padres nos verán juntos, tocándonos y se molestarán. Ellos sabrán quien soy; después de todo, ellos nos desalojaron a mis hermanos y a mí de su propiedad no menos de cuatro veces.

Ellos sabrán que provengo de la nada. Dirán que no soy lo suficientemente bueno para Emma, y que la pobreza de mi niñez es sólo una de las razones que me hacen indigno.

Y aún cuando Asher tenía algo más que decir al

respecto, estoy seguro que sus padres ya saben que su dinero familiar financió el Cure. Así que, incluso el bar que es *mi* bebé, no me ayudaría aquí.

Estoy cuestionándome, criticando todo lo que soy mientras camino por la plancha. Todo se ve borroso mientras avanzamos: los manteles de lino blanco, los clientes hablando, el leve sonido de la cristalería y vajillas siendo movidos de un lado a otro. Me pasa que, cuando vemos a los papás de Emma, me doy cuenta que no sólo acepté vivir mi peor pesadilla, sino que la alenté.

¿En qué carajos estaba pensando?

Pero entonces, allí están ellos, los Alderisis. Albert a sus tardíos cincuenta, alto y robusto, y con canas en su cabellera. Nancy con unos cuantos años menos, delgada como un puñal en su vestido rosado. Mi boca se seca y mi expresión se endurece.

Los veo mirarme. Veo a su padre observar la manera en la que toco la espalda de su niña. Les toma un segundo a ambos en darse cuenta de quién soy, pero cuando lo hacen, él se torna rojo y las fosas nasales de ella se ensanchan.

Sé que soy un puto hombre maduro, pero en este momento también soy un niñito temeroso. Estoy rezando para que ellos no saquen a mi familia de nuestro hogar temporal.

Emma se yergue un poco más al tiempo que nos acercamos. Albert tira su servilleta de lino sobre la mesa y comienza a levantarse. Emma lo anticipa con un gesto.

"¿Ambos recuerda a Jameson, verdad?" Dice ella.

Deslizo mi mirada hacia ella, impresionado por lo gélido de su tono de voz. Emma presiona sus labios con delicadeza por un segundo, esperando a que ellos hablen. Sus padres solo nos fulminan a los dos con sus miradas.

"Emmaline..." Dice su madre en un tono bastante

agudo. "Esto es inapropiado. Deberíamos hablar de esto en privado, sólo nosotros tres."

"Usted no está engañando a nadie, jovencito," me dice su padre. "No sé qué está pensando que hace con mi pequeñita--"

"¡Háblame a mí!" Dice Emma lo suficientemente alto que la pareja de la mesa de al lado se sobresalta. "Si tienes algo que decirle a Jameson puedes dirigirlo a mí. No hay razón alguna para meterse con él."

"Emma—" dice su padre levantándose. "Juro por Dios que necesitas dejarte de juegos aquí."

La mandíbula de Emma se desencaja un poco y mueve su cadera. "Mi relación con Jameson es seria. Muy seria. Tanto como que estoy portando su anillo, así de seria."

Nancy se queda sin aliento, poniendo su mano sobre su boca. Albert comienza a sudar, mientras le brotan las venas en su frente.

"Escúchame, niñita," dice él de forma despectiva.

"¡No!" Dice Emma.

"Em—" Intento interceder, pero él me lanza una mirada que me hace cerrar el pico.

"Escúchame," dice ella tomando mi mano. "Ustedes ya perdieron a Asher por exagerar con la decisión de con quién se podía o no casar. ¿Harán cualquier cosa para castigarme? Eso sólo me alejará, tal como hicieron con él. ¿Están listos para hacer eso?"

Su padre pierde los estribos. "Tú, estúpida pequeña—"

"¡Deténganse!" Vocifera Nancy, atrayendo las miradas de todos en el restaurante. Se levanta, doblando su servilleta y colocándola sobre la mesa. "¿Quieren sentarse ustedes dos?"

"¡El diablo se va a sentar en este lugar!" Gritó Albert.

Nancy lo mira, y sucede algo entre ellos, algún tipo de discusión interna. Después de un segundo, está claro que Nancy gana. Se gira hacia nosotros con una sonrisa helada.

"Se sentarán ¿no es así?" Haciendo un gesto hacia las dos sillas desocupadas en la mesa.

Parpadeo, confundido. Albert todavía está furioso y colorado, pero se sienta de vuelta, tirando la servilleta de la mesa. Nancy sigue mirándonos inquisidoramente.

Miro a Emma, quien parece haber ganado una especie de guerra. "¿Vamos a sentarnos?"

"Sí, creo que sí." Sus labios se curvan en una sonrisa.

Saco la silla para ella y luego me siento a su lado. Nancy se sienta también, colocando la servilleta de vuelta en su regazo.

"¿Champaña?" Pregunta Nancy con una expresión inescrutable. "Uno debería brindar por las buenas noticias, como estar comprometidos ¿no?"

"Sí," dice Emma a la ligera. "Definitivamente deberíamos."

Su madre chasquea los dedos, llamando al mesonero. Cuando Emma toma su menú, puedo ver que está temblando. Miro por un segundo y luego estiro mis manos para cubrir sus dedos temblorosos con los míos.

Emma me mira. Por un momento, puedo ver todo lo que ha estado ocultándome desde que entramos a este restaurante. El miedo, el dolor, la ansiedad, todo acumulado.

Ella estaba tan nerviosa como yo, tan temerosa. Pero habló de todas maneras.

Beso sus nudillos, increíblemente orgulloso de que de alguna manera fui afortunado de estar con esta increíble y maravillosa chica.

Y sé que con cada parte de mi alma haré lo mejor para hacerla feliz.

Para siempre.

OTRAS OBRAS DE JESSA JAMES

Chicos malos y billonarios
La secretaria virgen

Estreméceme

Leñador

Papito

El pacto de las vírgenes
El maestro y la virgen

La niñera virgen

Su virgen traviesa

Club V
Esstrato

Desatada

Al descubierto

Libros Adicionales
Suplícame

Cómo amar a un vaquero

Cómo abrazar a un vaquero

Por siempre San Valentín

Anhelo

Malos Modales

ALSO BY JESSA JAMES (ENGLISH)

Bad Boy Billionaires

Lip Service

Rock Me

Lumber jacked

Baby Daddy

Billionaire Box Set 1-4

The Virgin Pact

The Teacher and the Virgin

His Virgin Nanny

His Dirty Virgin

Club V

Unravel

Undone

Uncover

Cowboy Romance

How To Love A Cowboy

How To Hold A Cowboy

Beg Me

Valentine Ever After

Covet/Crave

Kiss Me Again

Handy

Bad Behavior

Bad Reputation

HOJA INFORMATIVA

FORMA PARTE DE MI LISTA DE ENVÍO PARA SER DE LOS PRIMEROS EN SABER SOBRE NUEVAS ENTREGAS, LIBROS GRATUITOS, PRECIOS ESPECIALES, Y OTROS REGALOS DE NUESTROS AUTORES.

http://ksapublishers.com/s/c4

ACERCA DEL AUTOR

Jessa James creció en la Costa Este, pero siempre sufrió de un caso severo de pasión por viajar. Ella ha vivido en seis estados, ha tenido una variedad de trabajos y siempre regresa a su primer amor verdadero, escribir. Jessa trabaja a tiempo completo como escritora, come mucho chocolate negro, tiene una adicción al café helado y a los Cheetos y nunca tiene suficiente de los machos alfa sexys que saben exactamente lo que quieren y no tienen miedo de decirlo. Las lecturas de machos alfa dominantes y de amor instantáneo son sus favoritas para leer (y para escribir).

Inscríbete AQUÍ al boletín de noticias de Jessa
http://bit.ly/JessaJames

www.ingramcontent.com/pod-product-compliance
Lightning Source LLC
LaVergne TN
LVHW011826060526
838200LV00053B/3919